De Cock en moord in de hondsdagen

A.C. Baantjer

De Cock
en moord in de hondsdagen

De Fontein

ISBN 978 90 261 2261 3
NUR 331

Ontwerp omslag: Hans Gordijn
Foto omslag: Hans Gordijn
Grafische verzorging: V3-Services, Baarn

1

Rechercheur De Cock van het aloude politiebureau aan de Amsterdamse Warmoesstraat drukte kreunend en steunend zijn bureaustoel ver naar achteren. Met de wijsvinger van zijn rechterhand streek hij tussen de boord van zijn overhemd en pufte met trillende lippen.
'Van airconditioning,' verzuchtte hij, 'hebben ze bij de Amsterdamse politie nog nooit gehoord. Het is hier om te stikken. Bij deze temperatuur is toch niet te werken.'
Vledder, zijn jonge assistent, grinnikte.
'Airconditioning... waar praat je over. Dat is toch zonde van het geld. Overbodige luxe, zeker voor een recherchekamer. Wanneer hebben wij in dit kille kikkerland nu een airco nodig?'
De Cock zwaaide met zijn armen.
'Nu!'
Vledder lachte vrolijk.
'Hebben we deze zomer eindelijk eens een paar dagen een temperatuurtje van boven de vijfentwintig graden en jij zit te zuchten en te puffen als een opgelapte stoomlocomotief in zijn nadagen.'
De Cock gebaarde loom voor zich uit.
'De vergelijking met een opgelapte stoomlocomotief,' sprak hij vergoelijkend, 'krenkt mij niet. Integendeel. Als onwankelbaar treinenfanaat ervaar ik dat als positief... zelfs vleiend.'
'Gelukkig.'
De Cock zwaaide traag om zich heen.
'Het zijn niet mijn nadagen die mij zorgen baren, maar de hondsdagen.'
Vledder trok zijn neus op.
'De wat?'
'De hondsdagen.'
De jonge rechercheur keek zijn oude collega niet-begrijpend aan.

'Wat zijn dat?'
'Je bent een slechte cultuurdrager,' sprak De Cock verwijtend. 'Als jongeman met een goede opleiding behoor jij de hondsdagen te kennen. Het is een eeuwenoud begrip.'
'Nooit van gehoord.'
'De hondsdagen vallen tussen 19 juli en 18 augustus... de warmste tijd van het jaar. Daar zitten we nu middenin.'
'En?'
'Wat bedoel je?'
'Wat zijn daarvan de consequenties?' Vledder ging alvast achterover zitten omdat er wel een lesje zou volgen, dacht hij zo.
De Cock trok een ernstig gezicht en stak zijn wijsvinger omhoog.
'De hondsdagen hebben een slechte reputatie. Er zijn in ons doorgaans natte landje,' legde hij geduldig uit, 'mensen die door een aanhoudende extreme hitte uit hun gewone doen raken.'
'Hoe?'
'De langdurige hitte brengt de werking van hun hersenen zo van streek dat zij in de hondsdagen tot handelingen kunnen komen waartoe ze onder normale weersomstandigheden nooit in staat zouden zijn.'
'Zoals?' Vledder klonk bijna geïnteresseerd.
De Cock reageerde traag.
'Moord... doodslag... echtbreuk... zelfmoord.'
Vledder grinnikte.
'Als gevolg van de hondsdagen?' vroeg hij ongelovig.
'Precies.'
'Je bent gek,' was de reactie van Vledder.
De Cock plukte aan zijn neus.
'Ik heb er geen enkel bezwaar tegen,' sprak hij opgewekt, 'dat je aan mijn verstandelijke vermogens twijfelt. Daarin ben je niet de eerste, maar geloof me, het is zaak – zeker als rechercheur – om vooral in de hondsdagen alert te zijn. Er kunnen onverwachte dingen gebeuren.'
Vledder hield zijn hoofd iets schuin en trok een denkrimpel in zijn voorhoofd.
'Heb jij een hond?'

'Nassa,' knikte De Cock, 'mijn oude hond heb ik een paar maanden geleden moeten laten inslapen. Na een hersenbloeding takelde hij steeds verder af. Ik wilde hem niet langer laten lijden.'
De oude rechercheur glimlachte. 'Sinds een paar weken heb ik een nieuwe hond, een gitzwarte dwergschnauzer. Een schat van een beest.'
Vledder boog zich iets naar voren.
'Hoe gedraagt dat dier zich in de hondsdagen?'
De Cock gniffelde.
'Honden,' sprak hij hoofdschuddend, 'hebben met de hondsdagen niets van doen.'
Vledder keek verwonderd.
'Waarom noemen ze die periode dan de hondsdagen?'
De Cock maakte een hulpeloos gebaar.
'Ik dacht vroeger als kind ook dat de hondsdagen iets met honden te maken hadden. Mijn oude moeder waarschuwde me altijd voor de hondsdagen, overigens zonder enige uitleg, met het gevolg dat ik in die periode steeds met een grote boog om honden heen liep.'
'Wat komt die naam dan vandaan?'
'Daar ben ik pas later achter gekomen,' sprak De Cock fijntjes glimlachend. 'Het houdt verband met Sirius, de Hondsster, de helderste ster aan de hemel, die in die periode tegelijk met de zon boven de horizon komt. Die ster werd al door de oude Egyptenaren, de Assyriërs en de Etrusken Hond of Grote Hond genoemd. De Romeinen vreesden Sirius vooral omdat hij verantwoordelijk zou zijn voor tal van ernstige ziekten.'
Vledder keek hem nadenkend aan.
'Jouw oude moeder kende dus het begrip hondsdagen en was er bang voor?'
De Cock knikte.
'Zeker. Hoewel ze erg christelijk was en geen kerkdienst op zondag oversloeg, zat ze barstensvol met bijgeloof... zoals overigens heel veel Urkers. Mijn oude moeder geloofde ook rotsvast in kollen.'
'Wat zijn dat nou weer?'

'Mensen met bovennatuurlijke gaven.'
'Zoals?'
'Op hetzelfde tijdstip op diverse plaatsen tegelijk aanwezig te kunnen zijn.'
'Nonsens.'
De Cock schudde zijn hoofd.
'Mijn moeder kende tal van voorbeelden van kollen, mensen die op hetzelfde moment op wel op vier of vijf verschillende plekken waren gezien. Bovendien kon men, zo geloofde ze stellig, door dergelijke excentrieke lieden worden bekold.'
'En dat betekent?'
De Cock reageerde ernstig, waarbij hij met zijn ogen rolde.
'Behekst. Door een kol uit pure boosheid worden voorzien van dezelfde bovennatuurlijke gaven. Vooral baby's en jonge kinderen moest men uit de buurt van kollen houden.'
Vledder lachte bevrijd.
'Ik begrijp nu,' gniffelde hij, 'jouw soms bijna duivelse geslepenheid. Volgens mij ben jij in jouw prille jeugd op Urk bekold.'
De Cock liet het onderwerp rusten. Hij schoof zijn stoel weer bij en boog zich over zijn processen-verbaal.
Maar Vledder was niet tevreden.
'Ben jij bekold?' vroeg hij dwingend.
Voordat de oude rechercheur kon antwoorden werd er op de deur van de grote recherchekamer geklopt.
Vledder riep: 'Binnen.'
De deur ging langzaam open en in de deuropening verscheen een lange, statige man, onberispelijk gekleed in een effen grijs kostuum met een rode stropdas. De Cock keek toe hoe de man met rustige tred naderbij kwam. Hij schatte hem op achter in de dertig. Hij had een ovaal gezicht met iets ingevallen wangen. Zijn haar was zwart, enigszins grijzend aan de slapen. Voor het bureau van de oude rechercheur bleef hij staan en wees voor zich uit.
'Een man,' declameerde hij vrolijk, 'met een wat corpulente habitus en het gezicht van een afgetobde bokser op zijn retour.' Hij pauzeerde even voor het effect. 'U moet rechercheur De Cock zijn.'

'Het zit mij vandaag echt niet mee,' verzuchtte De Cock met een verongelijkt gezicht. 'Mijn jonge collega vergeleek mij een paar minuten geleden met een opgelapte stoomlocomotief in zijn nadagen en u omschrijft mij als een afgetobde bokser op zijn retour.' Met een expressie van diepe droefheid schudde hij zijn hoofd. 'Ik denk dat ik aan een facelift toe ben.'
De man lachte.
'Bent u rechercheur De Cock?'
'De Cock, met eh... met ceeooceekaa.' Hij wees voor zich uit. 'En dat is mijn jonge collega Vledder.' Vervolgens gebaarde hij naar de stoel naast zijn bureau. 'Neemt u plaats en vertel ons waarmee wij u van dienst kunnen zijn.'
De man ging zitten en trok zijn pantalon aan de vouwen iets omhoog.
'Mijn oprechte verontschuldiging,' sprak hij spijtig. 'De omschrijving "afgetobde bokser op zijn retour" is niet van mij maar van mijn opdrachtgeefster, mevrouw Van Wijngaarden, Elisabeth van Wijngaarden. Zij had dat signalement niet uit eigen waarneming, maar weer van iemand die haar aanraadde om zich met u in verbinding te stellen.'
De Cock snoof.
'En die had mij zo getypeerd?'
'Ja.'
'En wie bent u?'
De man schudde zijn hoofd.
'Dat is niet belangrijk. Ik kom hier uit naam van mevrouw Van Wijngaarden.'
De Cock glimlachte.
'Ik heb nu met u van doen.'
De man zuchtte.
'Ik ben Alexander van Waalwijk.'
'En wat is uw relatie tot die Elisabeth van Wijngaarden?'
'Ik was vroeger bevriend met haar man. Na zijn huwelijk is die vriendschap wat weggeëbd. Nu Elisabeth in de problemen zit, doet ze op basis van die oude vriendschap een beroep op mij.'
De Cock spreidde zijn handen.
'Wat zijn haar problemen?'

Van Waalwijk maakte een triest gebaar.
'Haar man wordt vermist.'
De Cock keek hem verwonderd aan.
'Dat kon zij ons toch persoonlijk komen melden in plaats van een remplaçant te sturen?'
'Elisabeth van Wijngaarden vermijdt liever elk contact met de politie.'
De Cock reageerde geprikkeld.
'Waarom? De politie is de meest betrouwbare instelling in onze Nederlandse samenleving.'
Van Waalwijk trok een bedenkelijk gezicht.
'Er zijn mensen die daar anders over denken.'
De Cock bromde.
'Ten onrechte.'
Van Waalwijk tastte naar de binnenzak van zijn colbert en overhandigde De Cock een foto in briefkaartformaat van een man met een bolrond gezicht en een dominerende zwarte snor. Op de achterkant van de foto was een gevouwen A4'tje geplakt.
Hij wees naar de foto.
'In gezamenlijk overleg hebben Elisabeth en ik een zo duidelijk mogelijk signalement van haar man opgesteld.'
De Cock vouwde het A4'tje open.
'Petrus van Wijngaarden,' las hij hardop, 'oud 43 jaar, lang ongeveer één meter tachtig, slank postuur, zwart haar, snor, bruine ogen, was gekleed in een beige zomerpantalon en een wit T-shirt.'
'Geen jasje?'
'Nee.'
De Cock keek op.
'Sinds wanneer wordt hij vermist?'
Van Waalwijk glimlachte.
'Stom. Dat hadden we er natuurlijk bij moeten zetten. Zaterdag jongstleden,' vulde hij aan, 'zo rond de klok van vier uur in de middag is hij met zijn auto, een rode Peugeot 407, van huis vertrokken en sindsdien heeft niemand iets van hem vernomen.'
De Cock grijnsde.

‘Een slippertje? Volgens de foto is Petrus van Wijngaarden een knappe, aantrekkelijke man.’
Van Waalwijk schudde zijn hoofd.
‘Volgens mevrouw Van Wijngaarden is haar bloedeigen Petrus betrouwbaarder dan de bejubelde Petrus boven aan de hemelpoort.’
De Cock schoot in een korte lach.
‘Heeft haar man verteld waar hij heen ging?’
‘Nee. Ik moet nog even ergens heen, had hij gezegd, zonder verdere uitleg.’
‘Daar nam ze genoegen mee?’
Van Waalwijk knikte.
‘Ze maakte zich pas zorgen toen hij niet op tijd terug kwam om zijn hond uit te laten. Dat gebeurde nooit. Petrus was bijzonder aan het dier gehecht. Hij vertroetelde Bello alsof het zijn kind was.’
Na een korte pauze ging hij verder.
‘Het was Elisabeth wel opgevallen dat Petrus de laatste dagen wat nerveus was. Hij gedroeg zich anders dan gewoon... snauwerig, prikkelbaar. Dat had hij trouwens bij tijden wel meer.’
‘Ook toen u nog met hem bevriend was?’
Van Waalwijk knikte.
Petrus is geen liefhebber van de zon. Hij bedekt zijn hoofd altijd tegen zonnestralen. Een paar dagen van beklemmende hitte maken hem van streek. Dan wil hij op vakantie... ver weg, naar een koud land.’
‘Alaska.’
‘Bijvoorbeeld.’
De Cock keek nog eens naar de foto van de man met de snor. Het gezicht van de man beviel hem niet. Hij kon zichzelf niet uitleggen waarom... was het de bouw van het gezicht... de indrukwekkende snor? Met een wrevelig gebaar schoof hij de foto van zich af.
‘Geef straks,’ sprak hij op gebiedende toon, ‘het kenteken van de rode Peugeot, uw adres en ook het adres van Elisabeth van Wijngaarden aan mijn collega Vledder. We zullen haar nog een bezoek brengen voor nadere inlichtingen. Ik hoop dat ze bereid is ons te ontvangen?’

Van Waalwijk glimlachte.
'Ik zal haar op uw bezoek voorbereiden.'

Toen Alexander van Waalwijk uit de grote recherchekamer was vertrokken, keken De Cock en Vledder elkaar een tijdje zwijgend aan. De jonge rechercheur was de eerste die het zwijgen verbrak.
'Wat moeten we hiermee?'
De Cock trok zijn schouders op.
'De gebruikelijk procedure,' sprak hij narrig. 'We vragen nog wat inlichtingen aan mevrouw Van Wijngaarden over de gedragingen van haar man... of de foto die wij van hem hebben, recent is genomen... en versturen een telexbericht met het verzoek tot opsporing van de rode Peugeot en de verblijfplaats van de vermiste Petrus.' Hij glimlachte fijntjes. 'Haar Petrus... trouwer dan de bewaker van de hemelpoort.'
Vledder grijnsde.
'Komt dat ook woordelijk in ons telexbericht?' vroeg hij spottend.
De Cock schudde zijn hoofd.
'Ik heb een hekel,' sprak hij wrevelig, 'aan zo'n melding dat iemand wordt vermist.'
'Waarom?' vroeg Vledder.
'Het is zo onbestemd, zo vaag. Vroeger wachtte ik minstens een volle week voor ik actie ondernam. De praktijk leert dat de meeste vermiste personen binnen een paar dagen weer vrolijk en ongedeerd opduiken. Dan doe je een hoop recherchewerk voor tjoema.'
Hij plukte aan zijn neus en vertelde verder.
'Maar sinds ik een paar keer op mijn snuit ben gevallen omdat een als vermist opgegeven persoon bleek te zijn vermoord en ik dus kostbare opsporingstijd verloren had laten gaan, ben ik voorzichtiger geworden.'
'Verwacht je dat deze man is vermoord?'
'Geen idee. Het is een mogelijkheid. Het kan ook zijn dat hij met zijn rode Peugeot rechtstreeks naar Schiphol is gereden en daar het eerste vliegtuig nam dat naar een koud land vloog.'

Vledder keek zijn mentor met een scheef hoofd aan.
'Zonder zijn vrouw daarin te kennen?'
De Cock knikte.
'Een bevlieging... een impulsieve handeling.'
Vledder trok een bedenkelijk gezicht.
'Alleen in zijn T-shirt. Zonder colbert?'
De Cock maakte een schouderbeweging.
'Als hij geld genoeg heeft kan hij in een koud land warme kleren kopen. Ik vraag mij alleen af of hij zijn paspoort bij zich had.'
Vledder trok zijn gezicht in een ernstige plooi.
'Toen ik de verklaring van Alexander van Waalwijk aanhoorde, moest ik denken aan jouw verhaal over mensen die tijdens de hondsdagen tot vreemde escapades komen.'
De Cock gromde.
'Dat zou een verklaring voor zijn vermissing kunnen zijn. We weten niet wat die man heeft bezield. Volgens zijn vrouw was hij uit zijn gewone doen... snauwerig en prikkelbaar. Dat lijkt op het hondsdagensyndroom.'
De oude rechercheur kwam uit zijn stoel overeind, pakte de foto met het gevouwen A4'tje, stak dat in de binnenzak van zijn colbert en sjokte naar de kapstok.
Vledder stond ook op.
'Waar gaan we heen?'
De Cock draaide zich naar hem om.
'Je hebt toch het adres van mevrouw Van Wijngaarden?'
'Vondelstraat 814,' antwoordde Vledder prompt.
'Die weet jij te vinden?'
'Blindelings.'
De oude rechercheur grinnikte.
'Ik zou mijn ogen er maar bij openhouden.'
De telefoon op het bureau van De Cock rinkelde. Vledder liep terug en nam de hoorn op. Ook De Cock liep van de kapstok weg.
Hij keek gespannen naar het gezicht van zijn collega en zag hoe zijn trekken verstrakten. Met bevende hand legde Vledder de hoorn op het toestel terug.

'Wie was dat?'
'Beneden, de wachtcommandant.'
'Wat had die?'
'Een bouwvakker,' sprak Vledder hijgend, 'heeft in een verlaten pand aan de Prinsengracht waar hij werkzaamheden zou gaan verrichten, een dode man gevonden.'
'Vermoord?'
Vledder knikte.
'Doodgeschoten.'
De Cock nam de foto uit de binnenzak van zijn colbert en wierp die op zijn bureau.
'De vermiste Petrus van Wijngaarden,' sprak hij gelaten, 'zal nog even moeten wachten.'

2

Vledder reed hun oude Golf vanaf de houten steiger achter het politiebureau naar de Oudebrugsteeg en sloeg rechtsaf naar de rijbaan van het Damrak.
Het was gezellig druk in de mooiste straat van de stad. De etalages straalden en de vele eettentjes achter de vele pittoreske geveltjes waren in vol bedrijf.
De hitte van de dag kleefde nog aan het asfalt. Louter mooie vrouwen en tintelende tieners liepen in luchtige, weinig verhullende toiletjes over het brede trottoir.
Op weg naar de zoveelste moord in zijn lange carrière als rechercheur bezag De Cock het zomerse tafereel met een zekere gelatenheid. Het was een doffe berusting in het feit dat hij in zijn hectische beroep steeds met de negatieve zijde van het menselijk gedrag werd geconfronteerd. In flinters van een seconde overdacht hij of hij niet beter kermisexploitant had kunnen worden, makelaar, leraar of een bezielde dominee... die gekleed in een imponerende toga, staande onder een fraai klankbord met een van emotie trillende stem bewogen teksten vanaf de kansel slingert.
Hij duwde zijn oude vilten hoedje dat hij onder alle weersomstandigheden over zijn grijze haren schoof, iets naar achter, liet zich onderuitzakken en wachtte geduldig tot Vledder, geplaagd door vele verkeersperikelen, uiteindelijk de Prinsengracht had bereikt.
De jonge rechercheur parkeerde de oude Golf achter een politiesurveillancewagen met een blauw zwaailicht. Ze stapten uit.
Vanachter de surveillancewagen liep een jonge diender naar De Cock toe en tikte ter begroeting met zijn wijsvinger tegen de pet van zijn uniform.
‘Mijn collega is binnen,’ rapporteerde hij. ‘Ik ben maar naar buiten gegaan. Ik verkeer niet graag in het directe gezelschap van lijken.’

Hij wees naar de surveillancewagen.
'Ik heb de bouwvakker die het lijk hier vanavond ontdekte, achter in de wagen laten plaatsnemen. Dat vond ik veiliger, dan kan hij niet, wellicht ongewild, belangrijke sporen vernietigen. U kunt hem daar op de achterbank ook rustig verhoren.'
De Cock zwaaide naar de wagen.
'Als die man er geen bezwaar tegen heeft, breng hem dan zolang naar de Kit. Dan kan hij daar op ons wachten. Het onderzoek binnen kan binnen wel even duren. Is de meute al gewaarschuwd?'
De agent knikte.
'Dat heeft de wachtcommandant al gedaan.'
De Cock liep de jonge diender voorbij en stapte het pand binnen. Vledder volgde in zijn kielzog.
De ruime hal was schaars verlicht. Het vervuilde en bestofte bovenlicht liet maar weinig door. De Cock pakte zijn zaklantaarn uit een zijzak van zijn colbert. Het ovaal danste voor hem uit naar een brede gang, die eindigde in de oploop van een kronkelende trap. Boven aan die trap stond een al wat oudere diender.
'U moet hier zijn,' riep de man.
De Cock hees zijn negentig kilo steunend langs de leuning omhoog. Hij snoof een paar maal.
'Wat stinkt het hier.'
De oude diender boven hem lachte.
'Volgens de bouwvakker die het lijk vond, werden hier vroeger uitjes, augurken, haringen en schijven leverworst ingemaakt. Toen de joodse man die het bedrijf in zijn eentje runde, vond dat hij aan zijn pensioen toe was, heeft hij zijn geliefde zure haringen en uitjes in wijnazijn verlaten en dit oude pand verkocht.'
'Vandaar die zurige lucht.'
De oude diender knikte. Toen De Cock kreunend van de trap stapte, leidde hij hem naar een openstaande deur.
'Het slachtoffer ligt daar,' verduidelijkte hij, 'niet ver van dat dichtgetimmerde raam.'
De Cock ging het vertrek binnen en blikte om zich heen.
'Is hier geen licht?'

De diender schudde zijn hoofd.
'Het pand is al bijna een halfjaar niet meer in gebruik. De stroom is nog steeds afgesloten.'
'Wat doet die bouwvakker dan hier in het donker?'
De oude diender gebaarde naar een roodgelakt apparaat bij de muur.
'Hij heeft een draagbaar aggregaat. Met een paar lampen verlicht hij zijn werkterrein.'
'Kan jij dat ding aanzetten?'
De diender schudde zijn hoofd.
'Daar begin ik liever niet aan. Ik heb weinig verstand van apparaten.'
De Cock glimlachte.
'Je hebt gelijk. Vraag aan je collega beneden – als ze nog niet naar de Kit zijn – of hij de bouwvakker nog even naar boven brengt om ons wat licht te geven.'
De diender pakte zijn mobieltje.
De Cock wachtte geduldig.
De bouwvakker, zo bleek even later, was een jongeman van rond de dertig jaar met een kop volle blonde krullen en een vrolijke grijns om zijn brede mond. Hij bleef voor De Cock staan.
'Kan ik niet weg?' vroeg hij vriendelijk. 'Ik heb geen zin om met mijn handen over elkaar een tijdje op dat bureau van jullie te zitten wachten.'
De Cock glimlachte.
'Wij willen wat licht.'
'Kan ik dan gaan?'
De Cock negeerde de vraag.
'Had je het aggregaat aan toen je het slachtoffer ontdekte?'
De bouwvakker schudde zijn hoofd.
'Ik trapte in het donker bijna op hem.'
'Toen heb je licht gemaakt?'
'Ja.'
'Heb je hem herkend... ik bedoel, heb je die man wel eens eerder gezien?'
De bouwvakker schudde opnieuw zijn hoofd.

'Hij was volgens mij hartstikke dood. Zijn T-shirt zat van voren vol bloed. Toen heb ik met mijn mobieltje de Warmoesstraat gebeld.'
De Cock keek naar de jonge diender.
'Noteer straks zijn naam, adres en telefoonnummer en neem een korte verklaring van hem op voor het dagelijks rapport. Dan mag hij van mij voorlopig wieberen.'
De bouwvakker boog zich over zijn aggregaat, startte met een paar handgrepen de motor en binnen enkele minuten werd het vertrek met drie lampen ruim verlicht. De jongeman keek omhoog naar De Cock.
'Als jullie hier straks klaar zijn met je onderzoek, doen jullie mijn aggregaat dan weer uit?' Hij wees. 'Gewoon deze knop omdraaien.'
De Cock knikte hem bemoedigend toe en de jonge diender leidde hem het vertrek uit.
De oude rechercheur slenterde naar het dichtgetimmerde raam. Met zijn rug geleund tegen de muur en zijn benen iets gespreid zat een dode man. Hij had een bleek rond gezicht met opbollende wangen. Zijn mond onder een brede zwarte snor hing halfopen en zijn bruine opengesperde ogen staarden in het niets. Het witte T-shirt dat hij droeg, was nabij de hartstreek rood van het bloed.
De Cock knielde bij het slachtoffer neer. Vrijwel op hetzelfde moment herkende hij de man.
Vledder hijgde in zijn nek.
'Het is die vermiste vent.'
In zijn stem trilde verwarring.
De Cock knikte.
'Petrus van Wijngaarden met... eh, met een paar kogels in zijn lijf.'
Vledder boog zich over de geknielde De Cock heen.
'Wat heeft hij onder aan zijn nek? Het lijkt wel een ketting met een naamplaatje.'
De oude rechercheur peuterde met enige moeite een schone witte zakdoek uit zijn broekzak. Met de zakdoek in zijn hand trok hij het metalen plaatje iets naar zich toe en boog zich ernaar over.

‘Het lijkt wel zo’n ouderwets adresplaatje, zoals die vroeger op kantoren werd gebruikt. Als ik het goed zie staat er iets in geponst.’
De adem van Vledder kriebelde in zijn nek.
‘Een adres?’
De Cock schudde zijn hoofd.
‘Een tekst.’
‘Wat voor een tekst?’
Met toegeknepen ogen las De Cock hardop.
‘Ca-nis Ma-jor.’
Vledder trok zijn neus op.
‘Is dat Latijn?’
‘Ja.’
‘Daar ben jij toch goed in.’
De Cock glimlachte.
‘Dat is rijkelijk overdreven. Mijn kennis rijkt niet veel verder dan wat opgeklopt potjeslatijn.’*
‘Wat betekent Canis Major?’
De Cock liet het plaatje los en kwam uit zijn geknielde houding omhoog.
‘*Canis* is hond en *Major* is groot.’
Vledder fronste zijn wenkbrauwen.
‘Grote hond.’
De Cock trok zijn gezicht in een ernstige plooi.
‘*Canis Major...*’ sprak hij bedachtzaam, ‘zo werd in aloude tijden de ster Sirius, de Hondsster van onze beruchte hondsdagen, genoemd.’

Bram van Wielingen kwam het vertrek binnen. Hij zette zijn aluminium koffertje op de vloer en keek rond.
‘Een gezellig sfeertje,’ snierde hij, ‘een snorrend aggregaat en een knusse verlichting.’
De fotograaf liep op De Cock toe.
‘En nog een christelijke tijd.’
De oude rechercheur glimlachte.

* Slecht Latijn, zoals dat op apothekerspotjes staat.

'Wanneer eindigt bij jou het begrip christelijk?'
Van Wielingen grijnsde breed.
'Om middernacht.'
De Cock liet het onderwerp rusten. Hij wist uit ervaring hoe chagrijnig Van Wielingen was wanneer hij in de nacht moest komen opdraven. Hij leidde de fotograaf naar de dode man bij het dichtgetimmerde raam.
'We hebben het slachtoffer zo aangetroffen. Ik vermoed dat hij met een revolver is neergeschoten toen hij rechtop stond. Daarna is hij, zo schat ik, langs de muur in die zittende houding gezakt.'
'Een revolver?'
De Cock knikte.
'We hebben geen uitgeworpen patroonhulzen gevonden.'
Bram van Wielingen wees naar de witgekalkte muur boven het hoofd van het slachtoffer.
'Als hij van dichtbij is neergeschoten, dan bestaat de mogelijkheid dat er kogels aan de rugzijde het slachtoffer weer hebben verlaten.'
De Cock knikte.
'Je bedoelt dat een eventueel uitschot in de kalk te zien moet zijn.'
Van Wielingen pakte zijn koffertje en monteerde een flitslicht op zijn Hasselblad.
'Ik zal kijken of ik wat kan fotograferen.'
De Cock wees naar de ketting en het plaatje onder de kin van het slachtoffer.
'Probeer ook de tekst op dat plaatje vast te leggen.'
Van Wielingen boog zich voorover en grinnikte.
'Verrek. Een ouderwets ponsplaatje. Ik dacht dat die plaatjes met de komst van de computer totaal van het toneel waren verdwenen.'
De Cock trok een bedenkelijk gezicht.
'Zouden er nog van die oude ponsmachines bestaan?'
De fotograaf knikte.
'Vast wel... in een of ander muf kantoor.'
De Cock draaide zich om. Bij de deur van het vertrek stond dokter Den Koninghe met in zijn kielzog twee geüniformeerde

broeders van de Geneeskundige Dienst met hun onafscheidelijke brancard.
De grijze speurder liep op de oude lijkschouwer toe en begroette hem hartelijk. De Cock had een zwak voor de excentrieke dokter met zijn ouderwetse grijze slobkousen onder een deftige streepjesbroek, zijn stemmig zwarte jacquet en zijn verfomfaaide groen uitgeslagen garibaldihoed.
'Hoe maakt u het?' vroeg hij uitbundig.
'Best. Zelfs mijn jicht is draaglijk.'
De oude rechercheur leidde dokter Den Koninghe naar de dode bij het dichtgetimmerde raam.
'Het is moord... zonder twijfel.'
De lijkschouwer keek peinzend naar het lijk.
'Het is stom,' sprak hij cynisch, 'om zich tijdens de hondsdagen te laten vermoorden... het is buiten veel te mooi weer.'
De Cock reageerde niet.
Dokter Den Koninghe nam zijn garibaldihoed af, trok de pijpen van zijn streepjesbroek iets omhoog en knielde bij de dode neer. Hij trok het bebloede T-shirt uit de broek van het slachtoffer en hield het omhoog zodat de kogelwonden dichtbaar werden.
'Een goede schutter,' mompelde hij, 'de drie treffers liggen dicht bij elkaar gegroepeerd.'
Hij liet het hemd weer zakken, voelde aan de kin van het slachtoffer en legde de rug van zijn rechterhand tegen zijn bleke bolle wangen.
Al na luttele seconden kwam de lijkschouwer overeind. Zijn oude knieën kraakten. Met precieze bewegingen nam hij zijn bril af, pakte zijn witzijden pochet uit het borstzakje van zijn jacquet en poetste de glazen. De Cock kende de bewegingen. Het was een reeks gebaren om tijdwinst te boeken.
'Hij is dood,' sprak de dokter laconiek.
De oude rechercheur knikte met een strak gezicht.
'Dat begreep ik,' reageerde hij simpel.
Dokter Den Koninghe wees naar de dode.
'Langer dan acht uur. Vermoedelijk al enkele dagen. Ondanks het fraaie weer van de laatste dagen is zijn lichaam sterk afgekoeld en de lijkstijfheid is al verdwenen.' Hij zette zijn bril

weer op en plooide zijn pochet terug in het borstzakje van zijn jacquet. 'Doodsoorzaak...'
De Cock onderbrak hem.
'Inwendige verbloedingen.'
De kleine lijkschouwer lachte.
'Jij kunt zo langzamerhand mijn baan als lijkschouwer wel overnemen. Je hebt gelijk... inwendige verbloedingen.' Hij wuifde ten afscheid en liep de kamer uit.
De Cock keek hem na. Daarna wendde hij zich tot de fotograaf, die zijn fraaie Hasselblad behoedzaam in zijn koffertje teruglegde.'
'Ben je klaar?'
Bram van Wielingen knikte.
'Ik heb alles... de tekst *Canis Major* van het plaatje en een kogelinslag in het kalk van de muur.'
'Heb je die plek aangeduid?'
De fotograaf knikte.
'Je moet het nog even nameten. Ik schat zo'n zeventig à tachtig centimeter boven het hoofd van de man. De kogel van de put in de kalk moet ergens achter de rug van het slachtoffer liggen.'
De Cock knikte.
'Ik zal het bekijken.'
Van Wielingen zwaaide.
'Ajuus. De plaatjes heb je morgenochtend op je bureau.'
Hij liep met zijn koffertje weg, draaide zich bij de deur om en kwam weer terug.
'*Canis Major* is toch Latijn?'
'Ja.'
'Wat betekent het?'
'Grote hond.'
Van Wielingen wees naar het slachtoffer. Om zijn mond lag een grijns.
'Misschien was hij bij leven wel een hond van een vent. Wie weet hoeveel mensen hij als een hond heeft behandeld?'
De Cock lachte.
'Ga gauw naar huis voor je de hond in de pot vindt.'
Bram van Wielingen keek hem verrast aan.

'Ik meen dat serieus, De Cock. Echt. Een moordenaar hangt zo'n tekst niet voor de gein om de nek van zijn slachtoffer. Dat moet iets betekenen. Ik zou maar eens in het verleden van die vent gaan wroeten. Zijn smoel met die vette snor bevalt mij niet.'
'Dat is een vooroordeel.'
De fotograaf schudde zijn hoofd.
'Een ingeving.'

3

Toen Bram van Wielingen, de fotograaf, met zijn koffertje aan de hand en een wat wazige blik in zijn ogen het vertrek had verlaten, wenkte De Cock de twee broeders van de Geneeskundige Dienst met hun brancard naderbij. Hij wees naar de dode man.
'Wees voorzichtig bij het vervoer. Het is mogelijk dat er kogels op zijn rug tussen zijn hemd en zijn T-shirt zijn blijven hangen. Ik wil die graag voor het onderzoek behouden. Mogelijk liggen er ook kogels onder het lichaam van het slachtoffer. Hij moet namelijk staande zijn neergeschoten en daarna naar beneden zijn gezakt in die zittende houding van nu.'
De broeders knikten begrijpend. Terwijl een van hen het hoofd van het slachtoffer langs de muur geleidde, trok de ander hem aan de voeten in een liggende houding. Ze kantelden het lichaam enigszins en de oudste broeder streek met zijn vlakke hand over de rug. Daarna trok hij het T-shirt omhoog en reikte De Cock een bebloede kogel aan. De grijze speurder verpakte hem in zijn witte zakdoek en stak die in een zijzak van zijn colbert.
Toen de broeders het lichaam op de brancard hadden getild, vond Vledder een tweede kogel op de vloer, slechts een paar centimeter van de muur. Hij keek naar De Cock op en liet de kogel zien.
'Een zwaar kaliber. Wat schat je?'
De Cock tuitte zijn lippen.
'Negen millimeter. Ik heb precies zo'n kogel al in mijn zakdoek.'
De jonge rechercheur gebaarde om zich heen.
'De derde kogel moet in het lichaam zijn blijven steken. Er ligt hier verder niets meer.'
De Cock keek toe hoe de broeders een wit laken ontvouwden. Ineens viel het de grijze speurder op dat de rechterbroekzak van het slachtoffer uitpuilde. Voordat de broeders het laken over de dode man drapeerden, tastte de oude rechercheur met zijn vingertoppen de buitenzijde van de broekzak af. Daarna drukte hij

het voorwerp in de broekzak gedeeltelijk naar buiten. Het bleek een klein model pistool.
De Cock pakte een potlood uit de binnenzak van zijn colbert. Vledder keek hem verwonderd aan.
'Wat moet je met een potlood? Ga je schrijven?'
De Cock reageerde niet. Hij drukte het wapen met de loop naar buiten uit de broekzak. Daarna stak hij het potlood in de loop van het pistool en hield dat aan het potlood omhoog. Hij glimlachte bij de herkenning.
'Het is een Sauer,' riep hij vrolijk, '7.65. Ik weet het zeker. Daar kan ik mij absoluut niet in vergissen. Het is het eerste type pistool dat ik tijdens mijn aanstelling bij de politie in handen kreeg. Dat was toen een groots moment.'
De oude rechercheur grinnikte. Hij liet het pistool even uitbundig om het potlood draaien.
'En een potlood, brave collega,' riep hij blufferig, 'heeft een ervaren rechercheur altijd bij zich. Het is de enige manier om een pistool of een revolver te vervoeren zonder dat je mogelijke vingerafdrukken op het wapen beschadigt, wegveegt... of ongewild van jouw eigen vingerafdrukken voorziet.'
Vledder wees naar het wapen.
'Is het gebruikt?'
De Cock schudde zijn hoofd.
'Niet hier in dit vertrek. Anders hadden we hier patroonhulzen moeten vinden.'
De oude rechercheur liet het pistool van het potlood af in een doorzichtige plastic zak glijden en stak die bij zich. Vledder trok een denkrimpel in zijn voorhoofd.
'Zou die Petrus van Wijngaarden altijd een wapen bij zich hebben gedragen?'
De Cock schoof zijn onderlip iets vooruit.
'Vroeger trof men bij slachtoffers van een moord nooit een pistool of revolver aan. Het lijkt alsof tegenwoordig iedere man een vuurwapen op zak heeft.'
Vledder grinnikte.
'Of losjes tussen de broekriem gestoken.'
De Cock zuchtte.

‘Het wordt tijd dat we eens uitgebreid met mevrouw Van Wijngaarden gaan praten.’
Vledder grijnsde.
‘Of zij iets van de activiteiten van haar man weet... en daarover met ons wil praten.’
De Cock maakte een schouderbeweging.
‘Misschien... als we haar duidelijk hebben gemaakt dat hij er niet meer is. Er zijn vrouwen die openhartig worden om hun verdriet te vergeten.’
Vledder wees naar het slachtoffer.
‘Ik kan mij nauwelijks voorstellen dat iemand verdriet heeft om zijn dood.’
De Cock schudde zijn hoofd.
‘Dat is een verkeerde gedachte,’ sprak hij verwijtend. ‘Wat weten we van die man... niets.’
De oudste broeder vroeg om aandacht. Hij wees naar het slachtoffer.
‘Mogen we hem wegbrengen?’
De Cock knikte.
‘Naar Westgaarde?’
‘Het sectielokaal.’
De broeders sloegen de canvas flappen over het laken en sjorden de riemen vast. Zacht wiegend droegen ze de dode man het vertrek uit.
De oude diender liep op De Cock toe.
‘Kunnen wij ook weg of wachten we nog op de dactyloscopische dienst?’
‘De dactyloscopische dienst werkt tegenwoordig met een wachtlijst,’ antwoordde De Cock. ‘Daar staan we in de rij. Ze kampen nog steeds met personeelsgebrek.’
Hij dacht even na.
‘Jouw jonge collega beneden,’ ging hij verder, ‘heeft van de bouwvakker die het slachtoffer hier vond een verklaring opgenomen en zijn adres genoteerd. Rij nog even bij die bouwvakker langs en vraag hem in wiens opdracht hij in dit pand werkzaamheden verrichtte en wie hem voor dat werk betaalde.’
De oude diender knikte.

'Dat doen we.' Hij zwaaide tot afscheid. 'U vindt het antwoord in het dagelijks rapport.'
Vledder blikte naar De Cock.
'En wat doen wij?'
De oude rechercheur tastte in zijn broekzak naar het apparaatje dat hij lang geleden van zijn vriend en ex-inbreker Handige Henkie had gekregen toen die besloot om voortaan het smalle pad van de deugd te gaan bewandelen. Het was een koperen houdertje met daarin een keur van stalen sleutelbaarden.
'We sluiten de tent hier slotvast af en gaan op zoek.'
Vledder keek hem vragend aan.
'Op zoek?'
'Ja.'
'Waarnaar?'
De Cock grijnsde breed.
'Denk eens na... hoe is die Petrus van Wijngaarden hier op de Prinsengracht gekomen?'
Vledder klapte met zijn vlakke hand een paar maal tegen zijn voorhoofd.
'Stom. Natuurlijk met zijn eigen auto. Een rode Peugeot 407.'
'Precies, die moet hij hier ergens in de buurt hebben geparkeerd.'
Ze verlieten het pand en De Cock sloot de toegangsdeur met zijn apparaatje af. Daarna stapten ze in hun oude Golf.
Langzaam reden ze over de Prinsengracht langs de aan de wallenkant geparkeerde auto's. De Cock blikte opzij.
'Ken jij het kenteken nog uit je hoofd.'
Vledder schudde zijn hoofd. Hij pakte tijdens het rijden zijn notitieboekje uit een binnenzak van zijn jack en gaf dat aan De Cock.
'Daar staat het in.'
De oude rechercheur gniffelde.
'Kan ik jouw gekriebel lezen?'
'Absoluut. Ik kriebel niet. Ik heb een net handschrift.'
Vledder zweeg even.
'Vermoedelijk heb je dat kenteken niet eens nodig. Zo veel rode Peugeots 407 zullen we niet tegenkomen.'

De Cock bromde.
'Het is een gewilde automobiel. Mijn buurman heeft zo'n auto en is er erg over te spreken.'
Toen ze de hele Prinsengracht hadden afgereden zonder een rode Peugeot 407 te vinden, gebaarde de oude rechercheur voor zich uit. 'Probeer het eens aan de overkant van de gracht op het Amstelveld. Daar staan vaak wagens geparkeerd.'
'Waar niet,' gromde Vledder, maar hij volgde de aanwijzingen van zijn oude collega. Op het Amstelveld stopte hij plotseling.
'Daar,' riep hij opgetogen, 'daar staat een rode Peugeot 407.'
De Cock knikte.
'Het is het goede kenteken.'
Vledder zocht en vond voor hun oude Golf nog een plekje. Ze stapten uit en sjokten naar de rode Peugeot. Vledder liep om de wagen heen.
'Er is aan de buitenkant niets bijzonders te zien. Ik zou wel eens binnen willen kijken.'
'Waarom?'
De jonge rechercheur tikte met zijn knokkels op de voorruit.
'Misschien heeft Petrus van Wijngaarden buiten die Sauer nog meer vuurwapens. Ik verwacht in het dashboardkastje ook zijn rijbewijs en papieren van de wagen; die had hij als lijk niet bij zich.'
Hij keek De Cock glimlachend aan.
'Dat apparaatje van jou... kan je daar ook een auto mee openmaken?'
De Cock knikte gedwee.
'Zeker.'
Vledder spreidde zijn handen.
'Wil je het proberen? Ik zal dit keer niet protesteren. Dit is geen huisvredebreuk.'
De Cock pakte lachend het apparaatje met de vele sleutelbaarden en maakte het rechter voorportier open. Terwijl Vledder de wagen in dook, liep de oude rechercheur naar de bagageruimte, draaide het slot om en trok de klep open. Vol afgrijzen staarde hij naar zes kleine dode hondjes op een grijze wollen deken.

Het duurde even voor de oude rechercheur van zijn schrik was bekomen. Zijn stem piepte toen hij Vledder riep. De jonge rechercheur kwam vanuit de auto naar hem toe.
'Wat is er?'
De Cock wees.
Vledder staarde met open mond naar de dode diertjes en kon zijn woede nauwelijks onderdrukken. Zijn gezicht zag rood en zijn handen trilden.
'Wat een schoft!' schreeuwde hij luid en onbeheerst. 'Wat een gore ploert. Het zijn beagles, mooie jonge beagles, puppy's nog. Ze moeten een verschrikkelijke dood zijn gestorven... van ellende gestikt. De schoft heeft ze tijdens de gloeiende hitte van de laatste dagen in de bagageruimte van zijn auto achtergelaten.'
Na nog een blik op de dode diertjes te hebben geworpen, deed De Cock de klep van de bagageruimte dicht. Hij gebaarde naar Vledder.
'Neem contact op met de motordienst met het verzoek om de wagen naar het hoofdbureau te brengen voor onderzoek. Probeer ook Bram van Wielingen te bereiken, dat die de dode hondjes fotografeert.'
Vledder legde zijn vlakke hand vertederend op de gesloten klep van de bagageruimte.
'Wat doen we met die kadavertjes?'
De Cock ademde diep.
'Commissaris Buitendam moet daarover contact opnemen met de officier van justitie. Begraven of cremeren... het kost allebei geld.'
'Betalen wíj dat toch.'
De Cock keek hem verwonderd aan.
'Dit is dienst,' sprak hij streng. 'Zo'n ervaring mag ons niet raken. Dat hoort bij ons vak. We kunnen voor alles wat we in ons werk tegenkomen geen persoonlijke oplossingen gaan zoeken of bedenken.'
'Waarom niet?'
'Daar hebben we superieuren voor.'
Vledder snoof verachtelijk.

'Die laten het zo vaak afweten. Ik snap niet hoe men ooit voor die mensen het woord "superieur" heeft uitgedacht. Volkomen misplaatst.'
De Cock glimlachte.
'Maak je niet druk om die dode hondjes,' sprak hij bemoedigend. 'Als er geen passende oplossingen worden gevonden, dan heb ik genoeg relaties in kringen van de media om daarvan een groot sentimenteel spektakel te maken.'
De oude rechercheur stak zijn wijsvinger op.
'Ik wil toch even wijlen de heer Petrus van Wijngaarden in bescherming nemen. Ik weet niet wat hij met de hondjes van plan was, maar we mogen aannemen dat ons slachtoffer niet kon voorzien dat hij nooit meer in leven bij zijn auto zou terugkeren.'
Vledder bromde.
'Voor mij blijft hij een schoft,' sprak hij bitter. 'Met die hitte van de laatste dagen houden jonge hondjes het in zo'n afgesloten bagageruimte nog geen halfuur uit. Dan leggen ze het loodje.'

Ze reden in mineurstemming terug naar de Kit.
Vledder blikte opzij.
'Wil je niet naar mevrouw Van Wijngaarden?'
De Cock schudde zijn hoofd.
'Ik wil eerst alles eens op een rijtje zetten,' sprak hij nadenkend. 'Ik heb het gevoel dat wij tot nu alleen bezig zijn geweest om voor de moordenaar van Petrus van Wijngaarden een reeks van verzachtende omstandigheden te vergaren.'
'Hoe bedoel je.'
De Cock glimlachte.
'Bram van Wielingen interpreteerde het *Canis Major* in het ponsplaatje op zijn borst als een aanwijzing dat Petrus van Wijngaarden een hond van een vent moet zijn geweest. Het vinden van het pistool in zijn broekzak en de dode hondjes in zijn auto hebben ook bij ons tot een negatieve karakteranalyse geleid. Dat is volgens mij geen goede start om opgewekt naar de moordenaar te gaan zoeken.'
Vledder knikte begrijpend.

'Je bedoelt dat wij de moordenaar van Petrus van Wijngaarden al bij voorbaat in bescherming nemen.'
'Precies.'
De jonge rechercheur schudde zijn hoofd.
'Maar we kunnen de feiten toch niet omdraaien. Hij had een plaatje met *Canis Major* op zijn borst. Hij had een pistool in zijn broekzak en er lagen dode hondje in de bagageruimte van zijn auto.'
De Cock zuchtte diep.
'Je hebt gelijk. Die feiten hebben wij niet gecreëerd. Die zijn er. Toch moeten we ervoor waken het slachtoffer slechts met een duister vooroordeel te bezien. We hebben uiteindelijk maar één taak: zijn moordenaar ontmaskeren. Al het andere is aan de rechter.'
Vledder trok zijn kin iets omhoog en klapte met zijn vuist op de rand van het stuur.
'Of je het erg vindt of niet, die zes dode hondjes in zijn bagageruimte kleven op mijn netvlies en ik verzeker je, dat beeld raak ik voorlopig niet kwijt.'

Vledder parkeerde hun oude Golf op de houten steiger achter het bureau. Ze stapten uit en slenterden via de Oudebrugsteeg naar de Warmoesstraat. Toen ze de hal van het bureau binnenliepen, wenkte Jan Rozenbrand De Cock met een kromme vinger.
De Cock liep op hem toe.
'Niet weer een lijk?'
De wachtcommandant schudde zijn hoofd.
'De jongens van de surveillancewagen zijn al een poosje binnen.'
De Cock knikte.
'Wij hebben nog naar de rode Peugeot van het slachtoffer gezocht.'
'Gevonden?'
De Cock knikte opnieuw.
'Met zes dode hondje in de bagageruimte.'
'Allemachtig... in de hitte gestikt?'
'Precies.'

‘De jongens van de surveillancewagen hebben nog een bericht voor je achtergelaten. De bouwvakker heeft zijn opdrachtgever nog nooit persoonlijk ontmoet. Hij kreeg zijn aanwijzingen via de telefoon. Hij had wel de naam van de man aan wie hij zijn rekeningen stuurde. Petrus van Wijngaarden.’
De Cock kneep zijn lippen op elkaar.
‘Dan is dat pand aan de Prinsengracht vermoedelijk zijn eigendom.’
De wachtcommandant stak zijn hand omhoog.
‘Er zit boven ook nog een man op je te wachten.’ Jan Rozenbrand raadpleegde een notitie. ‘Ene Alexander van Waalwijk.’
De Cock kneep zijn ogen halfdicht.
‘Heb je hem verteld dat wij het lijk van Petrus van Wijngaarden hebben gevonden?’
De wachtcommandant schudde lachend zijn hoofd.
‘Toen hij hier binnenkwam wist ik dat nog niet. Bovendien bemoei ik mij niet met jouw werk. Hij zei alleen dat hij een belangrijke mededeling voor je had.’
De Cock draaide zich om en stapte naar de stenen trap. Opmerkelijk kwiek danste hij over de treden naar de tweede etage. Vledder volgde lichtvoetig.
Op de bank naast de toegangsdeur van de grote recherchekamer zat Van Waalwijk. Toen hij De Cock in het oog kreeg kwam hij overeind en liep op hem toe.
‘Ik ben bij mevrouw Van Wijngaarden geweest. Ze was totaal overstuur. Volgens haar heeft Petrus zijn pistool bij zich gestoken. Normaal ligt dat wapen in een lade van zijn bureau. Het is weg.’
De Cock leidde de man naar de stoel naast zijn bureau en liet hem daar plaatsnemen. Met zijn hoedje nog op ging de oude rechercheur achter zijn bureau zitten.
‘Heeft mevrouw Van Wijngaarden een beschrijving van het wapen gegeven?’
Alexander van Waalwijk schudde zijn hoofd.
‘Dat was niet nodig. Ik wist dat Petrus een vuurwapen had. Toen ik nog met hem bevriend was, heeft hij mij zijn pistool wel eens laten zien. Het is een Sauer 7.65.’

De Cock trok de plastic zak uit een zijzak van zijn colbert en schoof die naar hem toe.
Alexander van Waalwijk staarde verschrikt naar het wapen. Met open mond keek hij De Cock aan.
'U... u hebt Petrus gevonden?'
De Cock knikte traag.
'Met drie kogels rond zijn hartstreek.'
'Dood?'
'Als een pier.'

4

Alexander van Waalwijk zuchtte diep. Zijn gezicht zag grauw en zijn lippen trilden. Hij schudde zijn hoofd.
'Verschrikkelijk om op zo'n manier te moeten sterven,' sprak hij somber. 'Dat gun je niemand. Hij was toch nog betrekkelijk jong, in de kracht van zijn leven.'
De Cock maakte een simpel handgebaar.
'Het was een snelle dood,' reageerde hij geruststellend. 'Petrus van Wijngaarden heeft geen tijd gekregen om volledig te beseffen wat er met hem gebeurde.'
Van Waalwijk keek De Cock onderzoekend aan.
'Hebt u... eh,' vroeg hij voorzichtig, 'hebt u al enig idee wie voor zijn afschuwelijke dood verantwoordelijk is?'
De oude rechercheur schudde zijn hoofd.
'We hebben geen enkele aanwijzing. Petrus van Wijngaarden is voor ons een nieuw fenomeen. Ik bedoel, in onze administratie komt hij niet voor. We weten niets van deze man... kennen geen achtergronden. We zijn ook maar net met ons onderzoek gestart.'
Alexander van Waalwijk tastte met bevende hand naar het pistool in de doorschijnende plastic zak.
'Is er mee geschoten?'
De Cock spreidde zijn handen.
'Om geen sporen te bederven heb ik niet gekeken hoeveel patronen er nog in de houder van het wapen zitten. Dat laat ik liever onze deskundigen op het hoofdbureau doen. Zo'n onderzoek vergt wel enige tijd. Ik zal daarover pas later worden geïnformeerd.'
Hij wees naar het pistool.
'Petrus van Wijngaarden,' ging hij rustig verder, 'heeft het wapen in ieder geval niet gebruikt op de plek waar wij hem hebben gevonden. Daar lagen geen uitgeworpen patroonhulzen. Ik ben ervan overtuigd dat de man of de vrouw die hem belaagde, het

slachtoffer volkomen heeft verrast; hem geen tijd heeft gegund om zijn eigen pistool uit zijn broekzak te halen.'
Alexander van Waalwijk fronste zijn wenkbrauwen.
'Waar hebben jullie hem gevonden?'
'In een oud pand aan de Prinsengracht.'
'Wat deed hij daar?'
De Cock glimlachte.
'Een goede vraag. Een vraag die wij ons ook stellen. Ik ken alleen het antwoord niet. Van Wijngaarden werd in dat pand dood aantroffen door een jonge bouwvakker, die van plan was om daar herstelwerkzaamheden te gaan verrichten. Het opmerkelijke is dat de jonge bouwvakker werkte in opdracht van een man die hij nog nooit had ontmoet, met wie hij alleen via de telefoon contact had gehad.'
Van Waalwijk keek hem verwonderd aan.
'Vreemd.'
De Cock knikte.
'Hij kende wel zijn naam. De man aan wie hij zijn rekeningen stuurde was Petrus van Wijngaarden, wonende in de Vondelstraat 814.'
De mond van Alexander van Waalwijk gleed halfopen.
'Dan was dat pand aan de Prinsengracht vermoedelijk zijn eigendom.'
De Cock trok zijn schouders op.
'Was Petrus van Wijngaarden zo kapitaalkrachtig dat hij in staat was om zo'n aankoop te financieren? Die oude grachtenpanden zijn nogal prijzig.'
Van Waalwijk knikte traag.
'Ik acht hem daartoe financieel wel in staat. Bovendien heeft Petrus van Wijngaarden het onbelemmerd beheer over de gelden van de Leefgenoten.'
De Cock grinnikte.
'Gelden van wat?'
'Leefgenoten.'
De Cock trok zijn neus iets op.
'Wat is of zijn leefgenoten?'
Van Waalwijk gebaarde voor zich uit.

‘Een stichting. Een wat extreme, bijna radicale stichting, die zich strijdend ten doel stelt om de ons omringende dieren te behandelen als medegenoten op onze aardkloot. Die dus, volgens de doelstelling van die stichting, met dezelfde egards, eerbied en achting dienen te worden omringd als de mens.’
De Cock streek met zijn pink over de rug van zijn neus. Het was een gebaar om tijdwinst.
‘Het... eh, het lijkt mij,’ formuleerde hij voorzichtig, ‘een moeilijk te realiseren idee.’
Alexander van Waalwijk glimlachte.
‘Ik heb er vroeger met Petrus, toen we nog bevriend waren, dikwijls over gediscussieerd. Vaak heftig. Naar mijn mening is het onmogelijk om dieren en mensen gelijk te stellen. Dat is ook nooit de bedoeling van de schepping geweest.’
De Cock plukte aan het puntje van zijn neus.
‘Kent u die bedoeling?’
Van Waalwijk knikte nadrukkelijk.
‘En God zeide – zo staat in de Bijbel – Laat Ons mensen maken naar ons beeld, als onze gelijkenis, opdat zij heersen over de vissen der zee en over het gevogelte des hemels en over het vee en over de gehele aarde en over al het kruipend gedierte dat op de aarde kruipt.’
De Cock keek hem verwonderd aan.
‘Heel goed. U kent die lange Bijbeltekst volledig uit uw hoofd?’
‘Ja. Genesis vers 26.’
De Cock hield zijn hoofd iets scheef.
‘U bent een gelovig mens?’
‘Is dat een zonde?’ reageerde Alexander van Waalwijk ineens geprikkeld.
De Cock schudde zijn hoofd.
‘Ik bedoel, er zijn mensen die het Bijbelwoord niet als maatgevend voor onze samenleving beschouwen.’
Van Waalwijk knikte.
‘Jammer. Daarom is er zo veel ellende in de wereld... daarom kunnen dwaze stichtingen als Leefgenoten in onze samenleving gedijen.’
De Cock leunde iets achterover.

'Waren de verschillen van inzicht de enige reden dat de vriendschap tussen u en Petrus van Wijngaarden iets was bekoeld?'
'Iets bekoeld?' sprak Van Waalwijk vol minachting. 'Een understatement. Er was totaal geen sprake meer van enig gevoel van vriendschap.'
De Cock stak zijn handen naar voren.
'Waardoor,' vroeg hij verwonderd. 'Waardoor is die aanvankelijk zo hechte vriendschap tussen u en Petrus tenietgegaan?'
Van Waalwijk liet zijn hoofd iets zakken.
'Betsy.'
Zijn stem vibreerde in tederheid.
De Cock gniffelde.
'Wie en wat is Betsy?'
Alexander van Waalwijk richtte zijn hoofd weer op.
'Ik ben al vanaf mijn schooltijd de enige boekhouder van een vrij gezapig productiemaatschappijtje. Ik voel mij daar thuis en word door de directie gewaardeerd. We fabriceren al jaren op kleine schaal huishoud- en toiletpapier. Niet spannend... niet indrukwekkend.'
De Cock glimlachte.
'Uw ambities reiken niet verder?'
Van Waalwijk schudde zijn hoofd.
'Op een blijde dag kwam bij ons op kantoor in dienst een jonge vrouw... Betsy. Ze was mooi. Ze had bruine ogen en haar haren glommen als gepoetste kastanjes. Betsy, zo noemden wij haar vanaf het begin, Betsy van Blijenberg. Haar echte naam is Elisabeth, maar die gebruikten wij nooit. Betsy van Blijenberg en ik gingen al snel geanimeerd met elkaar om. Leuk. Lief. Gezellig. Het klikte tussen ons en op een goede dag besloten wij ons – heel ouderwets – te gaan verloven.'
De Cock glimlachte.
'U gaat mij toch geen liefdesverhaal vertellen?'
Alexander van Waalwijk ontweek de vraag. Hij trok zijn gezicht in een ernstige plooi.
'Betsy leerde via mij Petrus van Wijngaarden kennen, een man die over veel geld beschikte en spannende dingen deed in het kader van de dierenbescherming.'

'Spannende dingen?'
Alexander van Waalwijk knikte.
'Het bestoken van bontfarms – boerderijen waar pelsdieren worden gefokt – zilvervossen, nertsen, chinchilla's. Betsy vond dat prachtig.'
De Cock trok een denkrimpel in zijn voorhoofd.
'Ik begrijp het... Betsy is nu Elisabeth, de vrouw van wijlen Petrus van Wijngaarden.'
'Ik was bij de kerkelijke inzegening van hun huwelijk,' sprak Van Waalwijk timide. 'Dat was mijn laatste contact met die twee. Nadien heb ik mijn relatie met beiden verbroken.'
De Cock nam een kleine pauze.
'Toen Elisabeth na het verdwijnen van haar man in geestelijke nood zat, deed ze een beroep op de oude vriendschap met u en gaf u de opdracht om de vermissing van haar man bij de politie te melden.'
Van Waalwijk boog het hoofd.
'Ik wilde dat niet weigeren. In feite sluimert in mijn hart nog een warm gevoel van liefde voor haar. Dat is nooit geheel verdwenen.'
De Cock wreef met zijn vlakke hand over zijn brede gezicht.
'Bent u bereid en in staat om mevrouw Van Wijngaarden te vertellen wat er met haar man is gebeurd? Of zullen wij dat ambtelijk doen?'
Alexander van Waalwijk slikte.
'Ik doe dat wel.'
De Cock boog zich iets naar hem toe.
'Ik hoop op uw medewerking bij ons onderzoek naar de dader... naar de man of de vrouw die drie kogels op Petrus van Wijngaarden afvuurde.'
De oude rechercheur zweeg even.
'In feite,' ging hij gedragen verder, 'doe ik een ernstig beroep op u.'
'In welk opzicht?'
De Cock maakte een hulpeloos gebaar.
'Als mevrouw Van Wijngaarden om welke duistere reden dan ook het liefst elk contact met de politie vermijdt, dan vrees ik

dat een onderhoud met haar voor ons wat stroef zal verlopen en dat mogelijk belangrijke informatie voor ons verborgen blijft.'
Van Waalwijk knikte instemmend.
'Die mogelijkheid,' sprak hij bedachtzaam, 'acht ik zeker aanwezig.'
De Cock zuchtte.
'Ik ga ervan uit dat zij tegenover u wat openhartiger zal zijn dan tegen ons. In elk geval minder gespannen, en wellicht ook betrouwbaarder.'
Van Waalwijk keek hem geschrokken aan.
'Wat verwacht u van mij?' vroeg hij wantrouwend. 'Dat ik u ga openbaren wat mevrouw Van Wijngaarden mij in vertrouwen vertelt?'
De Cock trok zijn gezicht strak.
'Als het kan bijdragen tot het vinden van de dader? Ik ga ervan uit dat ook mevrouw Van Wijngaarden naar gerechtigheid streeft en erop gebrand zal zijn dat de man of vrouw die haar man vermoordde, zal worden ontmaskerd.'
Alexander van Waalwijk zuchtte diep.
'Ik weet niet,' formuleerde hij voorzichtig, 'of haar huwelijksjaren met Petrus veel hebben bijgedragen aan de verandering van Betsy naar Elisabeth.'
Het was een opmerking die De Cock analyseerde en tot nadenken stemde.

Toen Van Waalwijk de grote recherchekamer had verlaten keek Vledder zijn oudere collega peilend aan. In zijn ogen glansde argwaan.
'Gaan we niet naar mevrouw Van Wijngaarden?'
De Cock schudde zijn hoofd.
'Niet direct. Ik wil eerst afwachten wat Alexander van Waalwijk ons heeft te rapporteren. Tussen hem en zijn Betsy zal straks een gesprek ontstaan met als hoofdmotief de dood van echtgenoot Petrus van Wijngaarden.'
'Wat verwacht je daarvan?'
De Cock antwoordde niet direct.

'Het hangt ervan af,' sprak hij aarzelend, 'hoe Van Waalwijk zich opstelt. Kiest hij onze zijde of voelt hij zich geroepen om zijn Betsy te beschermen.'
Vledder snoof.
'Tegen wie... tegen wat,' vroeg hij geprikkeld, 'moet zijn Betsy worden beschermd?'
De Cock trok een grijns.
'Het is niet denkbeeldig,' opperde hij, 'dat mevrouw Van Wijngaarden, gedreven door haar man, onder het mom van dierenbescherming aan tal van misdadige acties heeft deelgenomen. Dat zou haar aversie tegen de politie kunnen verklaren.'
Vledder schoof de computer voor zijn neus iets opzij.
'Als de fokkers van pelsdieren de activiteiten van Petrus van Wijngaarden en zijn vrouw kennen... daar op een of andere manier achter zijn gekomen... dan hebben beiden beslist tal van vijanden.'
De Cock ademde diep.
'Misschien moeten wij de dader van de moord wel in die richting zoeken.'
'Een wraakactie?'
'Precies.'
Vledder keek op zijn horloge.
'Het is bijna halfelf. Zullen we voor vandaag stoppen? Adelheid* komt om elf uur uit dienst. We hebben elkaar de laatste dagen weinig gezien.'
De Cock reageerde niet. De oude rechercheur staarde nadenkend voor zich uit.
'Er zit mij iets dwars.'
'Wat?'
'Die bouwvakker.'
'Wat is daarmee?'
'Hij zei dat hij telefonisch instructies kreeg van, en zijn rekeningen stuurde naar Petrus van Wijngaarden, wonende Vondelstraat 814.'

* Adelheid van Buuren, een vrouwelijke rechercheur aan het hoofdbureau met wie Vledder al enige tijd samenwoont.

'En?'
De Cock schudde zijn hoofd.
'Ik heb in dat hele pand aan de Prinsengracht geen aanwijzingen van recent verrichte werkzaamheden gezien. Ik bedoel, waarom en waarvoor stuurde hij rekeningen?'
Vledder trok een dwarse denkrimpel in zijn voorhoofd.
'Je hebt gelijk. In het vertrek waar wij de dode man aantroffen had hij alleen zijn aggregaat opgesteld. Verder was er niets gebeurd.'
De Cock kauwde op zijn onderlip.
'De jongeman maakte op mij toch wel een betrouwbare indruk.'
'Een aardige vent,' knikte Vledder instemmend.
De oude rechercheur stond op en wees naar de telefoon.
'Bel die bouwvakker eens op en vraag om inlichtingen. Intussen haal ik voor ons ieder beneden in de kantine een broodje kroket. Ik rammel.'

Toen De Cock na enkele minuten in de grote recherchekamer terugkeerde trof hij Vledder met zijn jack aan. De oude rechercheur reageerde verrast.
'En?'
'Als wij de bouwvakker ophalen en weer terugbrengen zal hij ons ter plekke laten zien waarvoor hij aan Petrus van Wijngaarden gepeperde rekeningen stuurde.'
'Dat heb je hem beloofd?'
Vledder knikte.
'Ik had geen keus.'

De jonge bouwvakker lachte.
'Dit is voor het eerst van mijn leven dat ik door rechercheurs van politie word begeleid. Dat is een nieuwe ervaring voor Jan de Timmerman.'
De Cock glimlachte.
'Zo heet je? Jan de Timmerman?'
De jonge bouwvakker knikte.
'Een toepasselijke nam voor een bouwvakker. Vindt u niet?'
'Prachtig.'

'Noem me maar Jan.'
De Cock knikte.
'Jan, heb je straks in dat pand aan de Prinsengracht jouw aggregaat nodig?'
Jan de Timmerman schudde zijn hoofd.
'Er is elektriciteit, water en gas voor de verwarming van de buren.'
'Van de buren?'
Jan Timmerman knikte.
'Daar heeft die opdrachtgever van mij voor gezorgd.'
De Cock keek hem verward aan.
'Daar hebben we in dat pand niets van gemerkt.'
Jan de Timmerman lachte.
'U hebt vermoedelijk niet verder gekeken dan het pand zelf... het pand waar vroeger zuurwaren werden ingemaakt.'
De Cock reageerde verward.
'Waar hadden we dan moeten kijken?'
'In de tuin.'
'In welke tuin.'
'Achter het pand aan de Prinsengracht is een vrij brede, diepe grote tuin. In die tuin stond een vervallen tuinhuis. Dat heb ik gesloopt en op dezelfde plek heb ik een nieuw tuinhuis gebouwd, een beauty, met alles d'r op en d'r an... comfortabele keuken, gerieflijke woonkamer en een prachtige slaapkamer met een tweepersoons hemelbed.'
De Cock fronste zijn wenkbrauwen.
'Wie maakt er gebruik van dat onderkomen?'
Jan de Timmerman trok zijn schouders op.
'Ik vermoed die vent die mij opdrachten geeft en voor mijn werk betaalt.'
'Petrus van Wijngaarden?'
'Ja.'
Vledder parkeerde de Golf voor het bewuste pand. Ze stapten uit en Jan de Timmerman begeleidde de rechercheurs door het huis naar de tuin erachter.
Het tuinhuis dat Jan de Timmerman had geschetst overtrof de verwachtingen van De Cock. Toen Jan de toegangsdeur had ge-

opend en het licht had ontstoken, stond De Cock versteld van de exorbitante luxe van het interieur. Hij liep naar de slaapkamer met het hemelbed en snoof de geur van parfum die daar hing. Hij blikte naar Vledder.
'Snuif die parfumgeur goed op.'
'Waarom?'
De Cock glimlachte.
'Ik ben er haast van overtuigd dat echtgenote Elisabeth zich met andere geurtjes omgeeft.'
'Je bedoelt?'
'Dit is duidelijk het liefdesnestje van wijlen Petrus van Wijngaarden.'

5

Toen De Cock de volgende morgen zoals gebruikelijk meer dan een halfuur te laat de grote recherchekamer binnenstapte, vond hij Vledder achter zijn computerscherm. De rappe vingers van de jonge rechercheur dansten speels over het toetsenbord.
De grijze speurder bezag het met genoegen. Zijn eigen dikke stramme vingers hadden voor de komst van het computertijdperk de toetsen van oude Royals en Remingtons gepijnigd en de montere monteurs uit die tijd hadden zich er voortdurend over verwonderd en ook beklaagd dat rechercheur De Cock als een onhandige beul op het fijne mechanisme van hun schrijfmachines werd toegelaten.
Maar de opperste leiding van het Amsterdamse politiekorps had geen keus. De Cock moest persoonlijk zijn processen-verbaal schrijven.
Toen de dure computers hun intrede deden, kreeg de oude speurder toch een hulpvaardige assistent... de jonge rechercheur Vledder met zijn rappe vingers en fluweelzachte vingertoppen.
Eerst toen De Cock zich al volledig had geïnstalleerd en een paar aantekeningen verwerkte, merkte Vledder hem op. Hij liet zijn ijverige vingers rusten en schoof zijn computer iets opzij.
'Je bent laat.'
Het klonk berispend.
De Cock glimlachte.
'Mijn vrouw lag op de slip van mijn hemd.'
Vledder gromde.
'Een versleten smoes.'
De Cock trok zijn schouders op.
'Jij vraagt erom.'
Vledder maakte een wrevelig gebaar.
'Het is met jou altijd hetzelfde. Je moet gewoon op tijd komen. Dat doe ik ook.'
De Cock negeerde de opmerking en wees naar de computer.

‘Waar ben je mee bezig?’
Vledder spreidde zijn handen.
‘We hebben gisteren in de loop van de dag het een en ander te verwerken gekregen. Alle mensen! Denk maar na... een verdwenen man, een gruwelijke moord, dode hondjes in een kofferbak en een verborgen liefdesnestje in een tuin. Kan het gekker? Voor ik dat alles in ambtelijk taalgebruik heb verwerkt...’
Zonder zijn zin af te maken, zweeg hij nadenkend.
‘De stellige mening van die bouwvakker,’ ging hij verder, ‘Jan de Timmerman, dat zijn opdrachtgever absoluut het plan had om het gehele pand aan de Prinsengracht te verbouwen... zal ik dat ook opnemen?’
De Cock knikte.
‘Misschien komt die informatie ons nog eens van pas. Bel het kadaster of dat pand werkelijk op naam staat van Petrus van Wijngaarden en vraag of er een hypotheek op rust.’
‘Verwacht je daar wat van?’
De Cock maakte een hulpeloos gebaar.
‘Iemand moet een reden hebben gehad om Petrus van Wijngaarden drie kogels door zijn lijf te jagen. Bezit en geld vormen voor moord een gewild motief. Bovendien vraag ik mij af met welk doel Petrus van Wijngaarden dat monumentale pand aan de Prinsengracht wilde gaan verbouwen. Welke gedachte heeft hem bezield en hoe heeft hij die verbouwing willen financieren? Ik schat dat het stulpje in de tuin hem al een vermogen heeft gekost.’
Vledder glimlachte.
‘Hoe komen we er achter voor welke vrouwen Petrus van Wijngaarden dat fraaie stulpje in de tuin heeft laten optrekken?’
De Cock schudde zijn hoofd.
‘Dat interesseert mij voorlopig niet. Als ik de identiteit van die vrouwen wil weten, ga ik naar mijn vriend Smalle Lowietje. Die achterhaalt dat wel.’
Hij zweeg even. Nadenkend.
‘Wat mogelijk wel van belang kan zijn. Wie wist van het bestaan van dat liefdesnestje af, wie heeft van die wetenschap mogelijk gebruikgemaakt?’

'Je bedoelt, chantage?'
'Dat kan.'
'Met Van Wijngaarden als slachtoffer?'
'Wellicht.'
Vledder schudde zijn hoofd.
'Jij hebt mij zelf altijd voorgehouden dat chanteurs hun slachtoffer niet vermoorden. Men slacht geen kip die gouden eieren legt.'
De Cock glimlachte.
'Dat heb je goed onthouden. Het kan ook mogelijk zijn dat Van Wijngaarden zich van zijn chanteur wilde ontdoen en daarom zijn pistool op zak had.'
Vledder grijnsde.
'En de chanteur sneller was... zijn wapen trok nog voordat Petrus van Wijngaarden het pistool in zijn broekzak kon bereiken?'
'Mogelijk.'
Vledder zuchtte.
'Zou de vrouw van het slachtoffer iets van een chantage hebben geweten of gemerkt?'
De Cock trok een bedenkelijk gezicht.
'Als Petrus van Wijngaarden om reden van zijn buitenechtelijke escapades werd gechanteerd, dan zal echtgenote Elisabeth daar niets van hebben geweten. De chanteur zal Petrus juist hebben gedreigd haar over die buitenechtelijke escapades in te lichten.'
Vledder schudde zijn hoofd.
'We zitten weer midden in een gecompliceerde rotzaak. Wij moeten...'
De jonge rechercheur stokte. Er werd op de deur van de grote recherchekamer geklopt. Hij draaide zich om in de richting van de deur en riep 'Binnen!' Het klonk wat geprikkeld.
De deur ging langzaam open en in de deuropening verscheen een vrij lange man in een donkergroene trenchcoat met schouderstukken. Huiverend en handenwringend kwam hij naderbij. Er gleed een glimlach om zijn lippen. 'We zitten nog wel in de hondsdagen, maar ik vind het vanmorgen toch vrij frisjes.' Hij sprak geaffecteerd, met sterk aangezette klinkers.

Bij het bureau van de oude rechercheur bleef hij staan.
'Ik denk dat ik bij u moet zijn.' Hij glimlachte opnieuw. 'U bent rechercheur De Cock?'
De grijze speurder knikte.
'De Cock... met ceeooceekaa,' sprak hij zoet grijnzend. 'Voor het geval dat u later een klacht over mij schrijft. Ik vind het altijd prettig als in zo'n klacht mijn naam goed is gespeld.'
De man negeerde de opmerking. Hij maakte in de richting van De Cock een lichte buiging.
'Mijn naam is Van Breukelen... Herman van Breukelen. Ik ben gisteravond gebeld door mevrouw Van Wijngaarden. Zij bracht het voor mij schokkende bericht dat haar man in Amsterdam in een oud pand aan de Prinsengracht was vermoord.'
De Cock glimlachte.
'U was geschokt. Niet verrast?'
Herman van Breukelen ontweek de vraag.
'Petrus van Wijngaarden was penningmeester en lid van het bestuur van de stichting waarvan ik het voorzitterschap bekleed.'
'Leefgenoten.'
Van Breukelen liet zijn lichtgrijze ogen even oplichten.
'Dat weet u?'
'Zeker.'
'Dat vermoeden had ik al,' sprak Van Breukelen knikkend. 'En ik concludeerde daaruit dat ik in verband met de gewelddadige dood van Petrus van Wijngaarden een dezer dagen wel een bezoek van u kon verwachten. Om u een tocht naar mijn huis in Bussum te besparen, kom ik zelf naar het hol van de leeuw.'
De Cock grinnikte.
'Van die leeuw is nog maar weinig overgebleven,' reageerde hij cynisch. 'In de loop der jaren zijn hem vrijwel alle nagels uit zijn grijpgrage klauwen gerukt.' Hij gebaarde naar de stoel naast zijn bureau. 'Maar dat zijn uw zorgen niet. Gaat u zitten.'
Herman van Breukelen knoopte zijn trenchcoat met elegante gebaren los en nam zorgvuldig plaats. Op zijn vriendelijke, ovale gezicht lag een glans van welwillendheid.
'Leefgenoten,' legde hij geduldig uit, 'is niet de officiële aanduiding voor ons genootschap. Het is een later door Petrus van

Wijngaarden bedachte naam voor onze stichting. Hij wilde daarmee ons streven naar gelijkheid tussen mens en dier sterker benadrukken. De naam Leefgenoten is door vrijwel alle leden van de stichting overgenomen.'

'Ook door u?'

'Ja, maar in feite is onze vriendelijke stichting gewoon een dierenbeschermingsorganisatie in navolging van de in 1824 te Londen opgerichte *Royal Society for the Prevention of Cruelty to Animals*.'

De Cock fronste zijn wenkbrauwen.

'Cruelty to Animals,' herhaalde hij. 'Is er in de doelstelling van de dierenbescherming na 1824 niets veranderd? Heeft er geen evolutie plaatsgevonden?'

Van Breukelen knikte nadrukkelijk.

'Door onze inspanningen is de omgang van mensen met dieren sterk verbeterd. De status van het dier is verhoogd. Vroeger werd het dier veelal nog als een ding beschouwd. Thans wordt algemeen erkend dat het dier een levend wezen met gevoel en bewustzijn is. Een vooruitgang. Er is zeker sprake van een evolutie.'

De Cock streek met zijn vlakke hand over zijn brede gezicht.

'Wij rechercheurs,' verzuchtte hij, 'zijn in feite beklagenswaardige schepselen. Er wordt een man vermoord en onmiddellijk verzeilen wij in groeperingen met afwijkende normen en waarden.'

Herman van Breukelen keek hem verwonderd aan.

'Beschouwt u onze stichting als een groepering met afwijkende normen en waarden?'

De Cock maakte een hulpeloos gebaar.

'Ik lees herhaaldelijk in kranten en tijdschriften dat couturiers die bont aan hun creaties toevoegen, worden belaagd door leden van dierenbeschermingsgroeperingen... dat bij fokkers van pelsdieren de hokken worden vernield en de pelsdiertjes hulpeloos worden vrijgelaten.'

Van Breukelen maakte een afwerend gebaar.

'Als men de intrinsieke, de wezenlijke waarde van dieren erkent – en dat doen wij – dan is ons streven om het gebruik van dieren

voor niet-essentiële doeleinden te verminderen, essentieel. Wij willen het vleesgebruik sterk terugdringen en wijzen het dragen van bont en het vissen als sport principieel af.'
Van Breukelen zweeg even en zuchtte.
'Als bepaalde leden van een dierenbeschermingsorganisatie,' ging hij gedragen verder, 'menen dat de evolutie niet snel genoeg gaat en daarbij tot excessen, ik bedoel, tot buitensporige gedragingen komen, dan is dat te betreuren, maar dat betekent niet dat onze doelstellingen niet juist zijn.'
De Cock boog zich iets naar voren.
'Was Petrus van Wijngaarden zo'n bepaald lid.'
'U bedoelt, of hij wel eens tot excessen verviel?'
'Precies.'
Herman van Breukelen antwoordde niet direct. Hij staarde enige tijd voor zich uit.
'De mortuis nil sini bene,' sprak hij monotoon.
De Cock glimlachte.
'Over de doden niets dan goeds. Ik ken die Latijnse spreuk.' Hij schudde zijn hoofd. 'Ik wil de dode Petrus van Wijngaarden niet belasten. Dat is niet mijn taak. Het heeft ook geen zin. Strafvervolging vervalt bij de dood.'
Hij plukte aan zijn neus.
'Deze Petrus zal inmiddels wel zijn geoordeeld door Hem, die alle facetten van zijn leven kent. Ik ken die niet. Ik heb ze echter wel nodig om de man of vrouw te ontmaskeren die aan zijn leven abrupt een einde maakte.'
De oude rechercheur keek de man voor zich strak aan.
'Dus nogmaals: bezondigde Petrus van Wijngaarden zich aan excessen?'
Herman van Breukelen knikte.
'Petrus was bang.'
'Waarvoor?'
Van Breukelen spreidde zijn slanke handen.
'Hij was berucht... leefde op een vulkaan. Van Wijngaarden had door zijn vaak radicale maatregelen, zijn acties, een reputatie opgebouwd van een man die niets en niemand ontzag. Vele fokkers van pelsdieren konden zijn bloed wel drinken. Hem

bereikten bijna dagelijks via e-mail en per telefoon anonieme bedreigingen.'
'Levensbedreigingen?'
'Ja.'
'Heeft hij van die vele levensbedreigingen aangifte gedaan bij de politie?'
Herman van Breukelen grinnikte.
'Dat kon hij niet.'
'Waarom niet?'
'Die bedreigingen waren het gevolg van zijn eigen illegale activiteiten.'
De Cock knikte begrijpend.
'Als hij bij de politie aangifte van die bedreigingen zou doen, dan moest hij met zijn billen bloot.'
'*Met zijn billen bloot* is een wat beeldende uitdrukking, rechercheur De Cock, maar daar komt het wel op neer.'
De Cock leunde iets achterover in zijn stoel.
'U bent voorzitter van de stichting, die wij voor het gemak maar Leefgenoten zullen noemen?'
'Ja.'
'Hebt u Petrus van Wijngaarden, toch een lid van het bestuur, nooit ter verantwoording geroepen? Hem berispt om zijn vele illegale activiteiten?'
Van Breukelen schudde zijn hoofd.
'Officieel wist ik niets.'
De Cock grijnsde.
'Dat is geen antwoord. Petrus van Wijngaarden zal u zeker over zijn activiteiten hebben ingelicht.'
Van Breukelen knikte.
'*Entre nous.*'
De Cock grijnsde.
'Weet u wat *entre nous* betekent?'
'Tussen ons, onder ons, in vertrouwen.'
De Cock strekte zijn wijsvinger naar hem uit.
'U wist dus wel degelijk wat Petrus van Wijngaarden en zijn trawanten uitvoerden.'
Herman van Breukelen knikte gedwee.

'Ik wist welke illegale activiteiten Petrus en zijn vrouw Elisabeth in combinatie met enige andere leden van onze club bedreven. Ik wil voor hen het woord "trawanten" niet gebruiken. Dat is me te negatief.'
De Cock negeerde de opmerking. Hij strekte zijn handen naar hem uit.
'U stond hun activiteiten toe?'
'Ik zei u toch: officieel wist ik niets.'
De Cock snoof verachtelijk.
'Een flauw verweer.'
Van Breukelen trok zijn gezicht strak.
'Dat is uw mening.'
De Cock boog zich weer naar voren.
'Waren er,' vroeg hij verwonderd, 'in het bestuur van de stichting geen leden die ernstige bezwaren maakten, die de illegale en gewelddadige activiteiten van Petrus van Wijngaarden en zijn vrouw afkeurden? Het bezorgde de stichting toch een slechte naam?'
Van Breukelen trok achteloos zijn schouders op.
'Er waren twee leden van het bestuur, Frederik van Beveren en Thomas van Uitdam, die in het begin wel eens kritische geluiden lieten horen. Maar op den duur zijn hun stemmen verstomd.'
'Zij gingen akkoord?'
Van Breukelen schudde zijn hoofd.
'Niet openlijk.'
'Zij bleven vijanden van het echtpaar Van Wijngaarden en hun... eh, hun kompanen?'
'Noem hen geen kompanen,' sprak Herman van Breukelen hoofdschuddend, 'geen trawanten, maar gewoon "geestverwanten". Dat komt de werkelijkheid meer nabij.'
De Cock reageerde niet.
De voorzitter zweeg even.
'Bij Frederik van Beveren en Thomas van Uitdam,' ging hij verder, 'heb ik nooit enige vijandschap jegens het echtpaar Van Wijngaarden waargenomen.'
De Cock glimlachte.

‘Tegen hen behoefde Petrus zich niet te wapenen?’
Van Breukelen schudde zijn hoofd.
‘Ik neem niet aan dat Van Wijngaarden zich door hen bedreigd voelde.’
‘Droeg Petrus van Wijngaarden een wapen wanneer hij in het land illegale acties ondernam?’
Van Breukelen knikte traag.
‘Net als Elisabeth.’
De Cock reageerde geschokt.
‘Droeg zijn vrouw ook een vuurwapen?’
Herman van Breukelen knikte opnieuw.
‘Ik ben door het echtpaar eens een keer uitgenodigd voor het bijwonen van een van hun illegale oefeningen in de duinen bij Schoorl. Zij schoten daar om beurten op lege bierblikjes. Hun specialiteit was het schieten vanuit de heup zoals dat vroeger bij de cowboys in het Wilde Westen van Amerika gebruikelijk was.’

6

Nadat Herman van Breukelen, de charmante voorzitter van de Stichting Leefgenoten, zijn donkergroene trenchcoat had dichtgeknoopt en met opgeheven hoofd de grote recherchekamer had verlaten, schoof Vledder het toetsenbord van zijn computer naar zich toe en begon verder aan zijn proces-verbaal te schrijven.
De Cock stak zijn rechterhand omhoog.
'Laat dat verrekte ding even met rust,' riep hij wrevelig. 'Wat vond je van die vent?'
Vledder keek op.
'Die Herman van Breukelen?'
'Ja.'
'Een gladde vogel.'
'Hoe bedoel je?'
Vledder schoof het toetsenbord met een verveeld gezicht weer van zich af.
'Volgens mij vertelt die gladjanus slechts halve waarheden. In de boezem van de Stichting Leefgenoten zullen over de illegale acties van het echtpaar Van Wijngaarden beslist hardere noten zijn gekraakt, dan voorzitter Van Breukelen ons wil doen geloven.'
De Cock glimlachte.
'Jij meent dat de bestuursleden Frederik van Beveren en Thomas van Uitdam meer stampei hebben gemaakt en intern voor meer opschudding hebben gezorgd dan voorzitter Van Breukelen wil toegeven?'
Vledder knikte instemmend.
'Van enige vijandschap wilde hij al helemaal niets weten. Volgens hem hoefde het echtpaar Van Wijngaarden zich tegen die twee beslist niet te wapenen.'
De Cock staarde nadenkend voor zich uit.
'Zij waren wel bewapend.' Hij grinnikte. 'Schietoefeningen op lege bierblikjes in de duinen bij Schoorl. Specialiteit... schieten vanuit de heup.'

Vledder maakte een schouderbeweging.
'Ik kan mij redelijk voorstellen dat Petrus van Wijngaarden het nodig heeft gevonden dat ook zijn vrouw zich bewapende. Ze trokken tijdens die illegale acties gezamenlijk op en een grimmige confrontatie met een woedende fokker van pelsdieren was niet denkbeeldig.'
De Cock knikte traag
'Toch... eh,' reageerde hij aarzelend, 'toch schokte mij de mededeling van voorzitter Van Breukelen dat ook Elisabeth van Wijngaarden tijdens de illegale acties in het land een wapen droeg.'
Vledder trok een gezicht van twijfel.
'Een vuurwapen in de hand van een vrouw is toch een beeld dat ons mannen stoort.'
De jonge rechercheur boog zich iets naar voren.
'Over dat vreemde ponsplaatje met *Canis Major* om de hals van de vermoorde Petrus van Wijngaarden heb je met geen woord gerept.'
De Cock schudde zijn hoofd.
'Ik verwachtte niet dat voorzitter Van Breukelen daarover iets zinnigs kon zeggen.'
'Je had hem kunnen vragen of hij wist wat *Canis Major* betekent,' sprak Vledder met een lach.
De Cock negeerde de opmerking.
'Ik neig steeds meer naar het idee van Bram van Wielingen, dat *Canis Major*, grote hond, niets met de hondsdagen heeft te maken, maar verband houdt met het karakter en het gedrag van het slachtoffer. Je zou *Canis Major* moeten lezen als Grote Hufter.'
Vledder trok zijn gezicht in een ernstige plooi.
'Het ziet ernaar uit dat de man of vrouw die hem vermoordde, gelijk had. Petrus van Wijngaarden was voor velen een Grote Hufter. Ik ben ervan overtuigd dat wij de dader moeten zoeken in de kringen van gedupeerde fokkers van pelsdieren en bedreigde couturiers die bont in hun creaties opnemen.'
De Cock zuchtte diep.
'Hoe groot is het aantal benadeelden? Hoe selecteren wij

daaruit met succes een dader? Dat is onbegonnen werk. Ik vermoed dat vele illegale acties van het echtpaar Van Wijngaarden en hun trawanten nooit tot de openbaarheid zijn doorgedrongen.'
De jonge rechercheur grijnsde breed.
'Zullen wij,' grinnikte hij jongensachtig, 'onze speurtocht naar de dader opgeven en niet verder aan deze zaak gaan werken?'
'Hoezo?'
Vledder gebaarde met zijn handen.
'Omdat hij of zij met het doden van Petrus van Wijngaarden in feite een God welgevallig werk deed.'
De Cock lachte vrolijk.
'Dat kunnen we ons als trouwe gezagsdragers niet veroorloven. Bovendien weten wij niet of de gewelddadige dood van Petrus van Wijngaarden inderdaad God welgevallig was. Wij kennen Zijn maatstaven niet.'
Vledder keek zijn leermeester vragend aan.
'Zou je die willen kennen?'
De Cock schudde zijn hoofd.
'De wegen des Heren zijn ondoorgrondelijk.'
'Een kreet van je oude moeder?' vroeg Vledder glimlachend.
De Cock knikte met een ernstig gezicht.
'Dat was haar sluitend antwoord op elke levensvraag van mij die zij niet met rede kon beantwoorden. Aanvaard het maar, zei ze dan, zoals het is. De wegen des Heren zijn ondoorgrondelijk.'
De oude rechercheur stond van zijn stoel op en liep naar de kapstok.
Vledder kwam hem na.
'Waar ga je heen?'
De Cock draaide zich naar hem om.
'Waar gaan wíj heen, beste collega?'
Vledder knikte grijnzend.
'Oké... waar gaan wíj heen?'
'Naar de deftige Van Eeghenstraat, nummer 953.'
'Wat is daar?'

De Cock grijnsde breed.
'Daar woont Alexander van Waalwijk. Dat heb je zelf genoteerd. Ik wil weten wat de intieme gesprekken met zijn Betsy van Wijngaarden tot nu hebben opgeleverd.'

Ze reden met hun oude Golf van de houten steiger achter het politiebureau weg. De zon stond stralend aan de hemel. In het bijna vlekkeloze blauw dreef een nietig schapenwolkje.
Vledder keek opzij.
'Ik had vanmorgen al een reactie van Alexander van Waalwijk verwacht.'
De Cock trok zijn schouders op.
'Misschien heeft hij nog geen tijd gehad om ons te berichten. Wellicht hebben de gesprekken met zijn Betsy niets nieuws opgeleverd.'
Vledder gromde.
'Dat had hij ons kunnen melden, dan hadden wij de vrouw van het slachtoffer direct persoonlijk kunnen benaderen.'
De Cock reageerde niet.
Vledder vond aan het einde van de Van Eeghenstraat voor hun Golf nog een bescheiden parkeerplaatsje. Ze stapten uit en liepen terug.
Perceel 953 bleek een statig pand met twee indrukwekkende toegangsdeuren.
Vledder blikte omhoog.
'Voor een simpele boekhouder,' grinnikte hij, 'woont de heer Van Waalwijk vrij riant.'
De Cock raadpleegde de naambordjes bij de twee deuren. Van Waalwijk, zo stelde hij vast, bewoonde het gedeelte op de begane grond. Hij drukte op een fraai bewerkte koperen bouton en beluisterde de dingdong die volgde.
Na ruim een minuut werd de deur geopend. Alexander van Waalwijk keek met zichtbare verwondering van De Cock naar Vledder en terug.
De oude rechercheur glimlachte.
'Wij zijn nieuwsgierig.'
Van Waalwijk gebaarde voor zich uit.

‘Wanneer Betsy tijdens onze gesprekken opmerkelijke uitspraken had gedaan, dan was ik wel naar de Warmoesstraat gekomen.’
Hij zweeg even.
‘U beiden,’ ging hij verder, ‘hebt geluk dat u mij thuis treft. Normaal ben ik om deze klok op kantoor. Ik heb een paar dagen vrij genomen omdat ik Betsy in deze moeilijke periode wil bijstaan.’
Hij deed een stap opzij.
‘Komt u binnen.’
Toen De Cock en Vledder hem voorbij waren gestapt, deed hij de deur achter zich dicht en ging de rechercheurs daarna voor naar een weelderig ingerichte woonkamer.
Van Waalwijk wees naar een viertal pompeuze lederen fauteuils om een glimmende ronde teakhouten tafel.
‘Neemt u plaats.’
Hij glimlachte.
‘De inrichting van dit vertrek is niet van mij,’ sprak hij verontschuldigend. ‘Ook niet mijn smaak. Ik bewoon dit perceelgedeelte op verzoek van een van mijn directeuren die vrijwel permanent in het buitenland vertoeft. Ik ben half huurder, half oppasser.’
De Cock liet zich net als Vledder in een van de fauteuils zakken. De oude rechercheur legde zijn oude hoedje naast zich op het tapijt en voelde aan de armleuningen.
‘Het zit wel comfortabel,’ gniffelde hij.
Van Waalwijk nam tegenover hen plaats.
‘Betsy is erg timide,’ rapporteerde hij. ‘Diepbedroefd. De gewelddadige dood van haar man heeft haar sterk aangegrepen. Ze overweegt om haar huis aan de Vondelstraat te verlaten en ergens in het land onder te duiken.’
De Cock reageerde verrast.
‘Onder te duiken?’
‘Ja.’
‘Waarom?’
‘Volgens Betsy is de moord op haar man een wraakoefening van een groep geplaagde pelsdierenfokkers. Zij en haar man zijn al ettelijke malen met de dood bedreigd.’

'Schriftelijk?'
Alexander van Waalwijk schudde zijn hoofd.
'Via de telefoon en per e-mail. Altijd anoniem. Betsy... ik bedoel mevrouw Van Wijngaarden... is ervan overtuigd dat haar eenzelfde lot wacht.'
De Cock knikte begrijpend.
'Om net als haar man te worden vermoord.'
'Precies.'
'U blijft mevrouw Van Wijngaarden bijstaan? Ook als ze ergens onderduikt?'
'Ik laat haar mij nu niet meer ontglippen,' zei Van Waalwijk nadrukkelijk.
De Cock glimlachte.
'Een tweede Petrus van Wijngaarden krijgt geen kans meer?'
Alexander van Waalwijk zuchtte.
'Ik wil haar opnieuw veroveren en ik heb het gevoel dat mij dat lukt. We hebben gisteravond samen een goed gesprek gehad.' Zijn ogen glinsterden. 'En ze is nog net zo mooi en aantrekkelijk als vroeger.'
'Hebt u met haar nog gesproken over dat oude pand aan de Prinsengracht waar wij haar vermoorde man hebben aangetroffen?'
'Betsy wist van het bestaan van dat verwaarloosde pand aan de Prinsengracht niets af. Het verbaasde haar dat u vermoedde dat het pand het eigendom van haar man was. Volgens haar klopt dat niet. Wel was het haar bekend dat het bestuur van de Stichting Leefgenoten op zoek was naar een representatief pand in de binnenstad van Amsterdam, om daar haar hoofdkantoor te vestigen.'
De Cock nam een kleine pauze. De oude rechercheur overwoog of hij het vinden van de zes dode hondjes in de kofferbak van de wagen van Van Wijngaarden ter sprake zou brengen. Hij besloot dat niet te doen.
'Wanneer uw Betsy een geschikt onderduikadres heeft gevonden, hoor ik dat van u?'
'Zeker.'
De Cock boog zich vertrouwelijk naar hem toe.
'Laat ze haar vuurwapen meenemen.'

Van Waalwijk keek hem geschrokken aan.
'U weet dat Betsy een vuurwapen heeft?'
De Cock knikte en ging achterover zitten.
'Uit betrouwbare bron.'
Alexander van Waalwijk maakte een hulpeloos gebaar.
'Ik hoorde het gisteravond voor het eerst. Het is een Sauer 7.65. Volgens Betsy hebben alle leden van de stichting die aan de illegale acties deelnamen zo'n wapen.'
'Allemaal een Sauer 7.65?'
'Ja.'
De Cock fronste zijn wenkbrauwen.'
'Wie verzorgde dat?'
'Herman van Breukelen... de voorzitter van de Stichting Leefgenoten.'

Ze reden vanaf de stijlvolle Van Eeghenstraat terug naar de Kit. Vledder, aan het stuur van de Golf, zat met samenknepen lippen. Zijn gezicht zag rood.
'Ik zei het je toch,' brieste hij, 'die Herman van Breukelen is een gladjanus. Hij heeft ons vanmorgen gewoon belazerd... halve waarheden gedebiteerd. Officieel wist hij niets van die illegale acties. Onzin. Volgens mij zijn die illegale acties tegen fokkers van pelsdieren en anderen die iets met bont te maken hebben, door hem bedacht en geleid. Híj is het brein achter dat alles. Híj voorzag het echtpaar Van Wijngaarden en consorten van wapens.'
'En de daarbij behorende munitie,' sprak De Cock met een vertrokken gezicht.
Vledder grijnsde.
'Hij was in ieder geval wel zo goochem en geslepen dat hij zelf niet aan die illegale acties deelnam.'
De Cock snoof.
'Het vuile werk liet hij aan anderen over... *entre nous*... tussen ons... onder ons... in vertrouwen. In feite is Petrus van Wijngaarden zíjn slachtoffer.'
Vledder knikte instemmend.
'Hij joeg hem de dood in.'

De Cock stak bezwerend zijn hand omhoog.
'Als... eh, als Petrus van Wijngaarden door een woedende pelsdierenfokker is vermoord.'
Vledder keek hem verbaasd aan.
'Twijfel jij daar nog aan?'
De Cock antwoordde niet direct. Hij streek met zijn pink over de rug van zijn neus.
'Wij hebben daarvoor nog geen enkel bewijs.'
'Die stelselmatige bedreigingen?' vroeg Vledder.
De Cock schoof zijn onderlip vooruit.
'Anoniem. Daarvoor hebben we, uit de tweede hand, een verklaring van mevrouw Van Wijngaarden en uitlatingen van voorzitter Van Breukelen. Meer niet. Het stelt als bewijskracht niet veel voor.'
Vledder klapte met zijn vuist op de rand van zijn stuur.
'We moeten toch iets tegen die Herman van Breukelen ondernemen? Het is toch te gek dat die vent met zijn stichting gewoon zijn gang kan gaan. Al pakken we hem maar voor de vuurwapenwet. Het moet toch mogelijk zijn om buiten mevrouw Van Wijngaarden om nog van andere leden van de Stichting Leefgenoten een verklaring te verkrijgen dat Herman van Breukelen voor wapens en munitie zorgde?'
De Cock trok een bedenkelijk gezicht.
'Daar moet je niet te simpel over denken,' sprak hij ernstig. 'Die stichting vormt een gesloten club. Het zal niet gemakkelijk zijn om betrouwbare verklaringen van de leden los te peuteren.'
Vledder zuchtte.
'We kunnen het toch proberen?'
De Cock knikte.
'Ik gok een beetje op die Frederik van Beveren en Thomas van Uitdam.'
Vledder grinnikte.
'De twee bestuursleden van de stichting die kritische geluiden lieten horen.'
De Cock knikte opnieuw.
'Daar beginnen we morgen aan. Misschien lukt het ons om die kritiek van hen in goede banen te leiden.'

De oude rechercheur gniffelde.
'Ik bedoel... om hun kritiek om te vormen tot aanwijzingen waarmee wij iets kunnen doen.'
Vledder ademde diep.
'Laten we het hopen.'
Ze reden even zwijgend door.
'Heb je nog genoeg benzine?' vroeg De Cock ineens.
'Waarvoor?'
'Een ritje naar Bussum en terug.'
Vledder glunderde.
'Je wilt naar Herman van Breukelen.'
De Cock glimlachte.
'Vanavond.'
Vledder trok zijn wenkbrauwen op.
'Vanavond?'
De Cock knikte.
'Wij gaan eerst samen ergens ordentelijk eten. Mijn enige maal van gisteren was een schamel broodje kroket uit de kantine.'

7

Na een kostelijke maaltijd in restaurant Die Poort van Cleve aan de Nieuwezijds Voorburgwal in Amsterdam liepen ze terug naar de Kit en stapten daar op de houten steiger achter het politiebureau in hun Golf. Vledder klom achter het stuur, startte de motor en ontstak het dimlicht. Vanuit de binnenstad reden ze in de richting van Diemen en bereikten via de ringweg de A1.
Het was vrij rustig op de snelweg. De drukke spits lag achter hen. Vledder spaarde de bevende motor van de oude Golf. In een gezapig tempo reden ze naar Bussum.
De Cock blikte opzij.
'Heb je het adres?'
Vledder knikte.
'Drossaardlaan 813.'
De jonge rechercheur gebaarde.
'Na de afslag Bussum moeten we rechts naar de Brediusweg. Vandaar via de Oud Blaricummerweg richting Flevolaan. Als het goed is moeten we daar ergens die Drossaardlaan van Herman van Breukelen tegenkomen.'
De Cock lachte.
'Je bent goed geïnformeerd.'
Vledder knikte.
'Via de routeplanner op internet gevonden. En dat is maar goed ook, want in dit hoekje van het Gooi lopen de plaatsnamen flink in elkaar over en ik verdwaal niet graag. In het donker is het altijd lastig zoeken. Ik snap alleen niet waarom jij per se wilde wachten tot de straatverlichting aanging.'
De Cock plukte aan het puntje van zijn neus.
'Misschien,' sprak hij gnuivend, 'besluit ik wel tot een paar handelingen die het daglicht niet kunnen velen.'
Vledder keek hem wantrouwend aan.
'Zoals?'

De Cock grinnikte.
'Een onderzoek in de woning van Herman van Breukelen... een stiekeme huiszoeking zonder de juridisch vereiste ambtelijke papieren.'
Vledder gromde.
'Ik begrijp het,' sprak hij cynisch, 'ongeoorloofd een woning binnendringen middels dat verrekte apparaatje van je oude vriend Handige Henkie.'
De Cock knikte.
'Ik doe dat liever in het duister, zonder hinderend publiek. En er is nog een voordeel. Wanneer we een paar uur eerder naar Bussum waren gereden, was Herman van Breukelen vrijwel zeker thuis geweest. Nu hebben we een kans dat hij een bezoek brengt aan zijn stamkroeg, aan een club of op weg is naar een of andere voorstelling.'
Vledder fronste zijn wenkbrauwen.
'Wat dacht je bij hem thuis te vinden?'
De Cock tuitte zijn lippen.
'Een klein voorraadje vuurwapens en de daarbij behorende munitie.'
Vledder liet zijn stuur even los.
'Dat kan toch niet!' riep hij afwerend.'Hoe willen wij onze aanwezigheid in zijn woning verklaren? Zelfs al zouden wij iets vinden. Van zo'n voorraadje vuurwapens en munitie moeten we met onze handen afblijven. Daar kunnen we ambtelijk niets mee.'
De Cock trok een onnozel gezicht.
'Waarom moet dat ambtelijk?'
Vledder trok zijn wenkbrauwen op.
'Wat wil je dan?'
De Cock grijnsde.
'Ik weet wel een gaatje.'
'Hoe?'
'Via de huidige zo favoriete kliklijn melden wij de vindplaats van dat spul aan de politie van de regio Gooi en Vechtstreek.'
'Anoniem?'
De Cock glimlachte.

'Uiteraard anoniem. Anders komen wij in moeilijkheden. Maar op die manier krijg jij wel je zin. Herman van Breukelen gepakt voor overtreding van de vuurwapenwet.'
De oude rechercheur grinnikte.
'En dat zonder de moeizame en langdurige procedure van het verkrijgen van belastende verklaringen. Een procedure waarin ik niet geloof. Leden van de Stichting Leefgenoten die middels hun voorzitter een pistool hebben gekregen, zullen dat nooit toegeven.'
Vledder schudde zijn hoofd.
'Ik heb er geen enkel vertrouwen in dat wij vanavond thuis bij die Herman van Breukelen wapens en munitie vinden.'
De Cock trok achteloos zijn schouders op.
'Treffen we Herman van Breukelen wel thuis, dan vragen we hem welke vrijheden Petrus van Wijngaarden had bij de inrichting van een nieuw hoofdkwartier aan de Prinsengracht. En welke waarde wij rechercheurs moeten hechten aan het vinden van zes dode hondjes in de bagageruimte van de auto van de dode penningmeester?'
Vledder keek hem verwonderd aan.
'Hoe kan Herman van Breukelen ons over die zes dode hondjes informeren? Het zal hem nauwelijks interesseren hoe ze om het leven zijn gekomen.'
De Cock stak zijn wijsvinger omhoog.
'Wacht even... vergeet de doelstellingen van de Stichting Leefgenoten niet. Het zijn extreme dierenactivisten. Volgens hun ideeën verdienen dieren dezelfde waardering, liefde en aandacht als mensen. Begrijp je, zes dode hondjes in een bagageruimte zijn gelijk aan zes lijken in een kofferbak.'
Vledder gromde.
'Pure onzin.'
De Cock ging niet verder op het onderwerp in. Ze reden enige tijd zwijgend verder.
De door Vledder opgemaakte prognoses klopten. Na de Brediusweg en de Blaricummerweg bereikten ze de Flevolaan. De jonge rechercheur wuifde vrolijk voor zich uit.
'We zijn er bijna.'

Plotseling stond Vledder boven op de rem van hun oude Golf. De wagen slingerde naar de kant van de weg. Door de plotselinge actie botste De Cock met zijn hoofd tegen de voorruit. Met gedoofde lichten kwam rechts vanuit de Drossaardlaan een grote zwarte personenauto. Met schuivende en gierende banden nam de wagen, pal voor de neus van de Golf langs, scherp de bocht naar links.
Vledder reageerde razend.
'Is die vent eeuwig belazerd.'
De Cock kneep zijn ogen even dicht.
'Was het een vent?'
Vledder knikte.
'Een vent met een zwarte hoed op zijn kop.'
'Heb je iets van een kenteken gezien?'
De jonge rechercheur hield zijn handen zo stevig om het stuur van de nog trillende wagen dat zijn knokkels wit werden. Daarna zuchtte hij lang en diep om de angst en woede uit zijn longen te jagen.
'Het ging te snel... het ging veel te snel om iets te kunnen waarnemen. Bovendien zat de schrik in mijn lijf.' Hij blikte opzij. 'Zullen we hem achternagaan?'
De Cock schudde zijn hoofd.
'Zinloos. Onze oude Golf is geen partij voor een achtervolging van zo'n wagen. Voor wij zijn gedraaid, is die kar al op de snelweg.'
'Een blokkade oproepen?'
De Cock grijnsde.
'Voor een man die wat onbesuisd een bocht neemt?'
'Je hebt gelijk. Volkomen. We hebben toch verder niets. Ik kan ook geen behoorlijk signalement van de wagen geven, of hij nou zwart of donkerblauw was. En van het gezicht van die man heb ik slechts een vaag idee. Ik denk dat die idiote vent ook van ons is geschrokken.'
'Beslist. Het is een geluk dat jij geen dolle bui had en heel rustig reed.' De Cock grinnikte. 'Anders wachtte ons de intensive care.'
De oude rechercheur tastte naar zijn voorhoofd en wreef een opkomende buil weg.

'Rij door,' gromde hij. 'Er zijn nu eenmaal gekken in het verkeer.'
Vledder schakelde en nam nog bevend de bocht naar rechts.

Bussum, Drossaardlaan 813, bleek een prachtig gelegen nieuw gebouwde villa in de stijl van een oude Noord-Hollandse boerderij met bruine geglazuurde pannen boven de verder rieten dakbedekking.
De Cock gebaarde voor zich uit.
'Er brandt licht.'
Vledder gniffelde.
'Je kan vanavond dat apparaatje van je vriend Handige Henkie in je zak houden.'
De Cock reageerde niet.
Een indrukwekkend metalen toegangshek met lange venijnige speerpuntige spijlen stond wijd open.
Vledder reed hun Golf heel rustig door het hek naar de brede imponerende oprijlaan. Aan beide zijden werd die kleurrijk omzoomd door een rij op schouderhoogte gesnoeide rododendrons ponticum met lichtviolette bloemschermen.
De jonge rechercheur, weer volledig hersteld van de schrik van de bijna-aanrijding, draaide speels het raam van zijn portier open om te luisteren naar het knarsen van het grove witte grind onder de wielen van de Golf.
Ruim vijftig meter verder parkeerde hij hun wagen ver rechts van de villa naast een donkergroene Cadillac.
De rechercheurs stapten uit en liepen langs de gevel naar de voordeur. Tot hun verwondering stond die gedeeltelijk open. Een schim licht gleed glanzend naar buiten.
De Cock bleef staan. De halfopen deur en het licht uit de hal maakten hem waakzaam. Het duurde even voor hij de situatie goed in zich had opgenomen. Na een kleine aarzeling liep hij verder. Vledder volgde in zijn kielzog.
Zonder de deur te beroeren schoof de grijze speurder de brede hal binnen. Daar bleef hij opnieuw even staan en snoof de geur van een parfum op. Hij blikte om zich heen. Op gevoel koos hij uit de vier deuren in de hal een reeds wijd openstaande binnen-

deur. Die leidde, zo bleek, naar een zwak verlichte witgekalkte gang met een donkere eiken lambrisering.
Ongeveer in het midden van die gang stond rechts een deur op een kier. De Cock drukte die deur met zijn knie verder open.
Verbijsterd bleef de grijze speurder in de deuropening staan.
Ongeveer in het midden van het vertrek, enige meters opzij van een imposant schrijfbureau, zat schuin weggezakt in een lederen bureaustoel een vrij lange man. Zijn mond hing halfopen en zijn wijd opengesperde ogen staarden wezenloos in het niets.
Toen De Cock een paar stappen naderbij kwam ontdekte hij ter hoogte van het hart op het witte overhemd van de man een rode bloedvlek.
Vledder hijgde in zijn nek.
'Herman van Breukelen.'
De Cock knikte.
'En om zijn nek hangt een ponsplaatje met *Canis Major*.'
De Cock nam de situatie secondelang in ogenschouw. De vreemde plek van de bureaustoel met het slachtoffer intrigeerde hem. Hij wees voor zich uit naar de vier wielen onder de stoel.
'Het lijkt erop dat de dader Herman van Breukelen in zijn stoel vanachter het bureau heeft weggetrokken en eerst daarna op hem heeft gevuurd.'
Vledder gebaarde om zich heen.
'De deur waardoor wij binnen zijn gekomen is de enige deur van dit vertrek en de ramen zijn gesloten. Het slachtoffer moet de dader hebben zien binnenkomen.'
De Cock knikte instemmend.
'Kennelijk heeft Herman van Breukelen daarop niet met paniek gereageerd.'
'Waarom niet?'
De Cock kauwde even op zijn onderlip.
'Ik vermoed dat hij van de man of de vrouw die hem bezocht, niets dacht te vrezen.'
'Een bekende?'
'Daar kunnen we wel van uitgaan,' sprak De Cock met stelligheid. 'Wat mij bovendien opvalt... er liggen geen patroonhulzen.'
Vledder keek op.

'Weer een revolver?'
'En weer *Canis Major.* Als de kogels in het lichaam van Herman van Breukelen uit hetzelfde wapen komen als de kogels die Petrus van Wijngaarden velden, dan is dit absoluut de tweede moord van dezelfde dader.'
Vledder trok een denkrimpel in zijn voorhoofd.
'Zou de man die ons met zijn wagen bijna te pletter reed, iets met deze moord te maken hebben?'
De Cock zuchtte.
'Dat is heel goed mogelijk. Zijn onbesuisde manier van rijden leek op een vlucht.'
De oude rechercheur nam een witte zakdoek uit zijn broekzak, vouwde die open en liep voorzichtig naar het bureau. Met de zakdoek over zijn rechterhand trok hij de bovenste rechterlade open. Omzichtig schoof hij daarna de lade terug.
Vledder keek hem nieuwsgierig aan.
'Lag daar wat?'
De Cock glimlachte.
'Een pistool. Een geladen Sauer 7.65.'
'Die lag dus binnen handbereik.'
'Ja, en ik denk dat de dader dit wist en Van Breukelen daarom van zijn bureau heeft weggetrokken.'
Vledder staarde even voor zich uit.
'Dan moet de dader een bijna intieme kennis van het slachtoffer zijn geweest.'
'Daar lijkt het op,' zei De Cock en keek om zich heen. Daarna liep hij terug naar de deur van het vertrek.
Vledder kwam hem na.
De grijze speurder wees naar de telefoon op het bureau.
'Dit is geen onderzoek voor ons. In verband met sporenonderzoek wil ik dat toestel op zijn bureau niet gebruiken. We vinden in deze villa nog wel ergens een telefoon om de politie van Gooi en Vechtstreek te waarschuwen.'
Hij keek opzij naar de jonge Vledder, die een bekommerde indruk maakte.
'Dit is volkomen legaal,' ging De Cock sussend verder. 'Wij wilden in verband met ons onderzoek naar de dood van Petrus

van Wijngaarden met de voorzitter van de Stichting Leefgenoten babbelen... vonden de buitendeur open... gingen onderzoekend naar binnen en vonden een doodgeschoten man, die wij herkenden als...'
'Herman van Breukelen,' vulde Vledder somber aan.
De Cock wuifde naar de deur.
'We wachten tot onze collega's hier zijn om het onderzoek over te nemen. We noteren hun namen en morgen sturen wij de recherche van de politie van Gooi en Vechtstreek een uitgebreid proces-verbaal van onze bevindingen, waarin wij ook de gierende banden van een zwarte wagen met een bestuurder met een zwarte hoed memoreren.'
De oude rechercheur hield ineens zijn hoofd omhoog en spitste zijn oren. Hij drukte aan de scharnierzijde van de halfopen deur zijn rug tegen de muur en trok Vledder naast zich.
'Er komt iemand,' fluisterde hij.
De voetstappen in de gang klonken luider. Enige seconden later liep een vrouw hen voorbij. Op enige meters voor de stoel met het slachtoffer bleef ze staan en gilde.
'Herman! Herman...'
Het klonk als een noodkreet.
De Cock was een moment bang dat de vrouw zich op het slachtoffer zou storten. Hij sloeg met zijn knokkels tegen het bovenpaneel van de deur. De vrouw draaide zich verschrikt om. Met open mond staarde ze van De Cock naar Vledder en terug.
De oude rechercheur liep kalm op haar toe.
'Mijn naam is De Cock,' sprak hij rustig. 'De Cock met... eh, met ceeooceekaa.' Hij duimde over zijn schouder. 'Dat is mijn collega Vledder. Wij zijn rechercheurs uit Amsterdam.' Hij gebaarde voor zich uit naar het slachtoffer. 'Uw man?' vroeg hij zacht.
De vrouw knikte met trillende lippen.
'Wat is er gebeurd?'
De Cock antwoordde niet.
'U kunt hier beter niet blijven. Zullen we naar een ander vertrek gaan?'

Voortdurend omkijkend liep de vrouw voor hen uit naar de witgekalkte gang en leidde de rechercheurs van daar naar een gezellig ingerichte woonkamer.
De Cock nam tegenover de vrouw plaats in een diepe fauteuil.
'Waar was u vanavond?'
Mevrouw Van Breukelen wuifde wat onzeker achter zich.
'Bij vrienden. Dit is mijn vertrouwde bridgeavond.'
'Hoe laat ging u van hier weg?'
'Ongeveer halfacht.'
'Uw man zat toen in zijn kantoor?'
Mevrouw Van Breukelen knikte.
'Hij verwachtte bezoek.'
'Van wie?'
Mevrouw Van Breukelen frunnikte nerveus aan een knoop van haar blouse. Haar handen trilden.
'Ik... eh, ik zat hier vanavond in deze kamer. Om ongeveer zeven uur ging de telefoon. Omdat mijn man niet opnam, pakte ik hier de hoorn op. Ik kreeg een man aan de lijn die vroeg of Herman vanavond thuis was.'
De Cock reageerde verrast.
'Zei hij Herman?'
Mevrouw Van Breukelen knikte.
'Hij zei Herman. Ik kreeg ook het idee dat hij een goede kennis van mijn man was. Ik zei: Herman is thuis vanavond. Goed, zei de man, dan kom ik.'
'En toen?'
Mevrouw Van Breukelen zuchtte.
'Ik vroeg wie ik kon zeggen dat er zou komen. Toen zei hij: Thomas... Thomas van Uitdam. Ik verstond hem eerst niet zo goed en daarom vroeg ik: Thomas van...?'
'En?'
Mevrouw Van Breukelen stond op en liep naar de telefoon. Ze kwam terug met een klein opschrijfboekje.
'Ik heb zijn naam opgeschreven. Kijkt u maar: Thomas van Uitdam.'
De Cock bekeek de aantekening.
'Bent u met deze aantekening naar uw man gegaan?'

Mevrouw Van Breukelen knikte.
'Het bleek dat Herman even niet in zijn kamer was en daarom de telefoon niet had opgenomen.'
De Cock fronste zijn wenkbrauwen.
'Hoe reageerde hij op die naam?'
Mevrouw Van Breukelen spreidde haar handen.
'Heel rustig en heel ontspannen. Dat is goed, Mien, zei hij. Dat is goed.'
'Meer niet?'
Mevrouw Van Breukelen sloeg haar handen voor haar gezicht.
'Het waren de laatste woorden,' huilde ze, 'die hij tegen mij sprak.'

8

De Cock wierp zijn oude hoedje met een sierlijke boog naar de kapstok.
Hij lachte breed toen zijn hoedje aan de haak bleef hangen. Zijn score liep langzaam op naar vijftig procent... een keer mis en een keer raak. Hij wurmde zich uit zijn regenjas, hing die onder zijn hoedje, slofte naar zijn bureau en liet zich met een zucht in zijn bureaustoel zakken. Daarna keek hij op naar Vledder, die gespannen naar het scherm van zijn computer tuurde.
'Heb jij vanmorgen voor ik kwam dokter Rusteloos al aan de telefoon gehad?'
'Ja.'
'Hoe laat is de sectie op het lijk van Petrus van Wijngaarden?'
'Vanmiddag om twee uur... als de dokter op tijd is, want hij had ook nog een karweitje in Rotterdam.'
'Jij gaat naar Westgaarde?'
Vledder pufte.
'Ja. Wie anders? Jij laat het mij altijd doen. Zelf kom je nooit meer in het sectielokaal.'
De Cock negeerde de opmerking. Hij stak zijn wijsvinger omhoog.
'Vraag vanmiddag aan dokter Rusteloos of hij het verschil van in- en uitschot wil meten van de kogel die het lichaam van Petrus van Wijngaarden aan de rugzijde heeft verlaten. Die meting geschiedt vanaf de voeten van het slachtoffer. Maar dat weet hij wel.'
Vledder gromde.
'Heb je nog meer noten op je zang?'
De Cock glimlachte.
'Heb je het proces-verbaal van onze bevindingen in Bussum al in concept?'
De jonge rechercheur knikte.

'Ik moet het verhaal alleen nog even uitprinten. Daarna laat ik het door een van onze motoragenten bij de politie van Gooi en Vechtstreek bezorgen.'
De Cock gebaarde voor zich uit.
'Heb je ook vermeld dat Thomas van Uitdam, samen met Frederik van Beveren, de enige leden van het bestuur van Leefgenoten waren die wel eens kritische geluiden lieten horen over het beleid van voorzitter Van Breukelen?'
Vledder trok een grijns.
'Ik heb het inderdaad uitvoerig vermeld. Maar met de pest in mijn lijf.'
De Cock keek hem verrast aan.
'Waarom met de pest in? Dat heeft Herman van Breukelen ons toch zelf verteld.'
De jonge rechercheur schudde zijn hoofd.
'Het is feitelijk niet goed dat de politie van Gooi en Vechtstreek de moord op Herman van Breukelen behandelt. Volgens mij hangt die moord nauw samen met de moord op Petrus van Wijngaarden.'
De Cock wees speels in zijn richting.
'Hoe?'
Vledder grinnikte vreugdeloos.
'Ik heb nog geen flauw idee hoe het in elkaar steekt.'
Hij klopte op zijn borst.
'Alleen mijn gevoel zegt dat er een verband moet bestaan. Het motief voor beide moorden ligt beslist ergens in de boezem van de Stichting Leefgenoten.'
De Cock knikte instemmend.
'De vraag is... waar liggen de tegenstellingen. Welke groeperingen hebben tegenstrijdige belangen? Speelt geld daarbij een rol of zijn er alleen zwaarwegende ideologische verschillen?'
Vledder ging op de gestelde vragen niet in. Hij wees naar het scherm van zijn computer.
'Is die Thomas van Uitdam een krachtfiguur... een man die het gezag van Herman van Breukelen niet langer accepteerde en de leiding van de stichting wil overnemen?'
De Cock keek hem schuins aan.

'En daarvoor een moord pleegt? Twee moorden?'
Vledder gebaarde voor zich uit.
'Volgens mevrouw Van Breukelen had Thomas van Uitdam gisteravond een afspraak met haar man. En hoe je het ook wendt of keert, na die afspraak zat Herman van Breukelen morsdood in zijn stoel.'
De Cock trok een bedenkelijk gezicht.
'Iemand,' sprak hij hoofdschuddend, 'die oprecht van plan is om een moord te plegen, meldt volgens mij zijn komst niet van tevoren aan.'
Vledder trok zijn wenkbrauwen hoog op.
'Jij gelooft niet dat er echt een afspraak was?'
'Nee.'
'Jij denkt dat mevrouw Van Breukelen liegt?'
De Cock schudde zijn hoofd.
'Zij liegt niet.'
Vledder reageerde geprikkeld.
'Wat dan?'
De Cock zuchtte diep.
'Ik denk dat de afspraak vals was.'
Vledder reageerde verward.
'Dat begrijp ik niet.'
De Cock glimlachte.
'Een goede rechercheur,' schertste hij, 'moet in zijn hart een doortrapte schurk zijn... een pure misdadiger... en hij moet ook kunnen denken als een echte crimineel.'
Vledder snoof.
'Dat kan jij?'
Het klonk wat cynisch.
De Cock lachte vrijuit.
'Ik gebruik die eigenschap niet om zelf misdadig te zijn, maar om misdadigers te ontmaskeren.' Hij plukte even aan zijn neus. 'Geloof me, in potentie had ik best een succesvolle crimineel kunnen zijn.'
Vledder wuifde het onderwerp weg.
'Je had het over een valse afspraak?'
De Cock trok zijn gezicht weer in een ernstige plooi.

'Luister. Iemand die het plan heeft om Herman van Breukelen te vermoorden meldt zich wanneer hij mevrouw Van Breukelen aan de telefoon krijgt, als Thomas van Uitdam.'
De mond van Vledder zakte iets open.
'Maar dat is niet zijn eigen identiteit?'
De Cock schudde zijn hoofd.
'De presentatie is vals. Maar als de moord volgt, valt door de verklaring van mevrouw Van Breukelen de verdenking op Thomas van Uitdam: de verkeerde dader.'
Vledder trok een denkrimpel in zijn voorhoofd.
'Het was toch toeval dat de moordenaar mevrouw Van Breukelen aan de telefoon kreeg.'
'Dat vermoeden wij.'
'Hoe bedoel je?'
'Mogelijk heeft de moordenaar Herman van Breukelen wel enige malen aan de lijn gekregen, maar zonder zich te melden... zonder een gesprek aan te gaan.'
'En dan?'
'Heeft hij de verbinding verbroken.'
'Wat heeft dat voor zin?'
De Cock grinnikte.
'Hij wachtte geduldig tot mevrouw Van Breukelen de hoorn opnam. Ik heb het vermoeden dat Herman van Breukelen de stem van zijn moordenaar zou hebben herkend wanneer die zich aan de telefoon had gemeld.'
'Ha,' zei Vledder. 'En mevrouw Van Breukelen kende die stem niet.'
De Cock schudde zijn hoofd.
'Ook de naam Thomas van Uitdam kende zij niet. Ze heeft de man die ze aan de lijn had, zijn naam een keer laten herhalen en die daarna in haar boekje geschreven.'
De oude rechercheur verschoof iets in zijn stoel.
'Maar ik ben er bijna van overtuigd dat de moordenaar wel degelijk het gedrag van mevrouw Van Breukelen op haar wekelijkse bridgeavondje kende en wist dat zijn slachtoffer die avond alleen thuis zou zijn.'
Vledder tikte tegen het scherm van zijn computer.

'Wat moet ik doen, De Cock, moet ik jouw criminele overdenkingen met betrekking tot de moord op Herman van Breukelen in dat proces-verbaal aan de politie van Gooi en Vechtstreek opnemen?'
De Cock schudde opnieuw zijn hoofd.
'Het draagt niet bij tot het bewijs. Het is slechts een veronderstelling, een mogelijkheid om de schuld van de moord op Thomas van Uitdam te schuiven.
Overigens heb jij gelijk. Het onderzoek naar de moord op Herman van Breukelen hoort niet bij Gooi en Vechtstreek thuis. Die tweedeling is niet goed, maar zo zit ons belabberde politiebestel nu eenmaal in elkaar. Het lijkt mij het beste dat wij de moord op Van Breukelen gewoon bij ons onderzoek betrekken.'
Vledder glimlachte.
'Zonder de politie van Gooi en Vechtstreek daarvan op de hoogte te brengen?'
De Cock trok zijn schouders op.
'Wanneer we op zaken stuiten die ook voor hen van belang zijn, dan melden we die.' De oude rechercheur glimlachte. 'En misschien zijn onze collega's van Gooi en Vechtstreek wel inventiever dan wij.'
Vledder grijnsde.
'Heb jij daar...?'
De jonge rechercheur maakte zijn vraag niet af. Er werd op de deur van de grote recherchekamer geklopt. Vledder riep: 'Binnen!'
De deur ging langzaam open en in de deuropening verscheen een wat gezette man met een bolrond gezicht en lichtgeel peenhaar in een scheve scheiding rechts op zijn hoofd. De Cock schatte hem op achter in de veertig. Hij droeg een slobberig bruin kostuum dat schreeuwde om gereinigd te worden.
Met korte pasjes kwam hij naderbij. Bij het bureau van de grijze speurder bleef hij staan.
'Ik heb de vrouw van Petrus van Wijngaarden telefonisch met het verlies van haar man gecondoleerd. Ik hoorde van haar dat rechercheur De Cock van het bureau Warmoesstraat de moord in behandeling had.' Hij liet zijn hoofd iets zakken. 'Bent u dat?

Rechercheur De Cock?'
De grijze speurder knikte.
'De Cock met... eh, met ceeooceekaa.'
De man tikte op zijn smoezelig witte overhemd.
'Ik ben Van Beveren, Frederik van Beveren. Ik ben net als het slachtoffer Petrus van Wijngaarden lid van het bestuur van de Stichting Leefgenoten. Ik wilde met u eens over die moord praten.'
De Cock wees naar de stoel naast zijn bureau.
'Neemt u plaats.'
Toen Frederik van Beveren schuifelend was gaan zitten, keek De Cock hem secondelang zwijgend aan. De man had lichtgroene ogen en op zijn bolle wangen lagen rode blosjes. De oude rechercheur glimlachte. De uitstraling van de man was hem niet onsympathiek. Hij wuifde in zijn richting.
'Steek van wal.'
Van Beveren streek met de vingertoppen van zijn rechterhand langs zijn korte nek. Het was een nerveus gebaar.
'Mevrouw van Wijngaarden,' begon hij hakkelend, 'gaf als haar mening te kennen dat haar man was vermoord door iemand uit de groep van pelsdierenhouders die door leden van onze stichting zijn benadeeld.'
De Cock knikte instemmend.
'Die mening is ons ook kenbaar gemaakt.'
Van Beveren schudde zijn hoofd.
'Ik ben het niet met haar eens.'
'Waarom niet?'
Van Beveren trok zijn neus iets op.
'Die groep is niet daadkrachtig genoeg. Zij hebben nooit enige actie tegen onze stichting ondernomen. Ze hebben lijdzaam toegezien hoe wij hun vaak bloeiende bedrijven hebben vernietigd.'
De Cock fronste zijn wenkbrauwen.
'Waarom die lijdzaamheid?'
Van Beveren gebaarde heftig.
'Door onze lobby bij de media. Door de druk die wij op de pers uitoefenden heerste in het algemeen onder het Nederlandse

volk de mening dat het fokken en doden van pelsdiertjes om hun bont een misdaad is. Niet wij waren verachtelijk voor onze daden, maar zij: de fokkers. Vol valse schaamte hebben ze zich teruggetrokken.'
De Cock accepteerde de mening zonder verweer.
'Welk lid van de Stichting Leefgenoten,' vroeg hij, 'leidde die gewelddadige acties tegen de pelsdierenfokkers?'
Van Beveren trok zijn gezicht strak.
'Petrus van Wijngaarden en zijn vrouw.'
'Hebt u ook wel eens aan zo'n actie deelgenomen?'
Frederik van Beveren knikte.
'Diverse malen. Wij werden door Petrus van Wijngaarden en zijn vrouw als volgers, als medewerkers aangewezen. Weigeren was in de boezem van onze stichting niet mogelijk. Dat gold als een afwijzing van onze denkbeelden.'
'Was u, zoals de anderen, gewapend met een pistool? Een Sauer 7.65?'
Van Beveren grijnsde.
'U bent goed geïnformeerd.'
'U was gewapend?' reageerde De Cock onbewogen.
'Ja.'
De Cock nam een kleine pauze.
'Mij is ter ore gekomen,' ging hij verder, 'dat Petrus van Wijngaarden en zijn vrouw schietoefeningen deden in de duinen bij Schoorl. Hebt u wel eens aan die schietoefeningen deelgenomen?'
'Ook dat was een verplichting,' reageerde Van Beveren. 'In de regel ging ik daar samen met mijn goede vriend Thomas van Uitdam naartoe.'
De Cock boog zich iets naar hem toe.
'Zou u mij de plek waar die schietoefeningen in Schoorl werden gehouden, kunnen aanwijzen?'
Frederik van Beveren trok zijn lippen in een tuitje.
'Dat dacht ik wel.' Hij grinnikte. 'Op die plek zullen nog wel bergen lege bierblikjes liggen.'
'Bierblikjes?' vroeg De Cock overbodig.
'Die gebruikten we als doelwit,' antwoordde Van Beveren.

'Schikt het u vanmiddag, om twee uur? Mijn jonge collega moet de gerechtelijke sectie op het lichaam van Petrus van Wijngaarden bijwonen. Ik heb dan even tijd om met u naar Schoorl te gaan.'
'Dat is goed. Ik ben hier om twee uur.'
De Cock streek even met zijn vlakke hand over zijn brede gezicht. Het was een gebaar om tijdwinst.
'U... eh, u begon mij te vertellen,' formuleerde hij voorzichtig, 'dat u het niet eens was met de mening van mevrouw Van Wijngaarden dat haar man door iemand van de groep gedupeerde pelsdierenfokkers was vermoord.'
'Dat klopt.'
'Wie acht u dan verantwoordelijk voor die moord?'
'De fokkers.'
De Cock keek hem verbaasd aan.
'Wat voor fokkers?'
Van Beveren gebaarde weids om zich heen.
'Fokkers van honden.'
De Cock reageerde verrast.
'Werden hondenfokkers ook door de Stichting Leefgenoten vervolgd en opgejaagd?'
Frederik van Beveren schudde zijn hoofd.
'Herman van Breukelen, onze eminente voorzitter, was op het idee gekomen om de Stichting Leefgenoten als dekmantel te gebruiken.'
De Cock fronste zijn wenkbrauwen.
'Een dekmantel... waarvan... waarvoor?'
Van Beveren wuifde achteloos.
'Het fokken van hondjes.'
'Voor wie... voor wat?' De Cock onderdrukte zijn verbazing over deze wending van het gesprek.
Frederik van Beveren zuchtte diep.
'Er is wereldwijd,' begon hij, 'ook in ons land, een grote vraag naar proefdieren. Hondjes. Het liefst pups, jonge dieren van het type beagle lenen zich daar het beste voor.'
De Cock kneep zijn ogen halfdicht.
'Hondjes voor vivisectie?'

Frederik van Beveren knikte.
'Volgens Herman van Breukelen zou niemand in ons land op het idee komen om de Stichting Leefgenoten als erkende dierenactivisten te verdenken van het fokken van hondjes voor vivisectie.'
De Cock snoof verachtelijk.
'Geniaal.' De walging klonk door in zijn stem.
'Dat vonden Petrus van Wijngaarden, Thomas van Uitdam en ik ook,' antwoordde Van Beveren enthousiast. 'Wij vonden het een prachtig plan en zijn vrijwel onmiddellijk begonnen om een netwerk van hondenfokkers in ons land uit te zetten. Zij fokten de door ons verlangde beagles, die wij voor een vaste prijs van hen kochten.'
De Cock blikte mistroostig voor zich uit.
'En de leden van de Stichting Leefgenoten,' sprak hij somber, 'zorgden voor de distributie?'
'Precies. Wij legden de contacten met instellingen die hondjes voor vivisectie nodig hadden.'
'En dat leverde een forse winst?'
Van Beveren knikte nadrukkelijk.
'Zeker. Het geld zou onder meer worden besteed om in de binnenstad van Amsterdam een hoofdkantoor te vestigen.'
De Cock kneep denkrimpels in zijn voorhoofd.
'Wisten de benaderde hondenfokkers dat hun jonge beagles voor de vivisectie werden gebruikt?'
Frederik van Beveren schudde zijn hoofd.
'Aanvankelijk niet. Hoe zij erachter zijn gekomen wat er met de jonge hondjes gebeurde, weet ik niet. Maar ongeveer een week geleden is de bom gebarsten. Zij eisten voor de door hen geleverde hondjes ineens driemaal het bedrag dat zij voordien kregen.'
De Cock spreidde zijn handen.
'Anders...?'
Hij maakte zijn zin niet af.
Van Beveren liet zich iets terugzakken in zijn stoel.
'Toen Herman van Breukelen weigerde om op hun eis in te gaan, werden wij met de dood bedreigd.'

‘Wie zijn wij?’
Frederik van Beveren vouwde zijn armen voor zijn borst.
‘Petrus van Wijngaarden, Herman van Breukelen, Thomas van Uitdam en ik.’
Hij boog zich weer iets naar voren.
‘Begrijp me goed, rechercheur De Cock, deze hondenfokkers zijn van een ander kaliber dan de softe fokkers van pelsdieren. Zij voelen zich niet schuldig. Ze voelen zich door de Stichting Leefgenoten belazerd, bedonderd en misleid. Zij eisen genoegdoening. De dood van Petrus van Wijngaarden verrast mij niets.’
Frederik van Beveren zuchtte diep. De blosjes op zijn wangen waren verdwenen.
‘U staat als een bekwaam, eerlijk en betrouwbaar rechercheur te boek,’ ging hij verder. ‘Daarom ben ik openhartig geweest, openhartig met een doel. Mocht er ook met mij of met een van de anderen iets gebeuren, dan weet u in welke hoek u de dader of daders moet zoeken.’
De Cock nam een pauze. Ditmaal wat langer dan normaal.
‘Hoe... eh, hoe kan ik de namen van die hondenfokkers achterhalen?’
‘Ze staan in onze computers.’
De Cock hield zijn hoofd iets schuin.
‘Ook in de computer van Petrus van Wijngaarden?’
Frederik van Beveren knikte.
‘Tenzij mevrouw Van Wijngaarden die namen daaruit heeft verwijderd.’

9

De Cock leunde achterover in zijn stoel en keek hoe Vledder met hangende schouders en een gezicht van oude lappen de grote recherchekamer binnenkwam. Met slepende tred kwam hij naderbij, wenkte een groet en liet zich in zijn bureaustoel zakken.
De Cock keek hem gniffelend aan.
'Burn-out? Het lijkt alsof je een loodzware werkdag achter de rug hebt.'
Vledder gromde.
'Dat klopt. Loodzwaar.'
De oude rechercheur boog zich iets naar voren.
'Hoe was de sectie?'
Vledder blies met bolle wangen.
'Een verschrikking,' verzuchtte hij. 'De volgende keer ga jij maar weer eens een gerechtelijke sectie bijwonen. Dokter Rusteloos kwam meer dan een uur te laat en had een humeur om op te schieten. Hij had even voorbij Rotterdam een uur lang in de file gestaan.'
De Cock keek hem schuins aan
'Dat had zijn humeur aangetast?'
'Duidelijk.'
De Cock wees naar de computer op het bureau van Vledder.
'Is dat proces-verbaal van onze bevindingen in Bussum nog naar de politie van Gooi en Vechtstreek gegaan?'
De jonge rechercheur knikte.
'Dat heeft nogal wat voeten in de aarde gehad.'
'Hoezo?'
'De brigadier van de radio- en motordienst wilde voor het vervoer van dat proces-verbaal van ons geen motorrijder afstaan.'
'En toen?'
Vledder zuchtte.
'Ik heb commissaris Buitendam ingeschakeld. Noodgedwongen. Die heeft de bewuste brigadier gelukkig tot andere ge-

dachten gebracht. Ik was nu wel verplicht om Buitendam te vertellen waarom wij gisteravond bij die Van Breukelen in Bussum waren.'
'En?'
'Hij had geen commentaar. Hij vroeg ook niet hoe ons onderzoek naar de dood van Petrus van Wijngaarden verliep. Blijkbaar geen belangstelling.'
De Cock grinnikte.
'Dat kon je verwachten.' Hij dacht even na. 'Heb je dokter Rusteloos nog gevraagd om bij het lichaam van Petrus van Wijngaarden de metingen van in- en uitschot te doen?'
Vledder knikte.
'Dat ging ook niet van harte. Rusteloos kwam wel tot een opmerkelijke conclusie.'
'Welke?'
'De schutter moet bijna op zijn knieën hebben gezeten toen hij de trekker overhaalde.'
De Cock kneep zijn ogen bijna dicht.
'Op zijn knieën?' vroeg hij verrast.
Vledder knikte opnieuw.
'De exacte afstanden tussen de voetzolen van het slachtoffer en het in- en uitschot komen in zijn sectierapport. Hij was zo knorrig dat ik er niet om durfde vragen.'
De Cock glimlachte.
'Ik bel hem morgenochtend wel even. Na een goede nachtrust is hij in de regel wel wat vriendelijker.'
De oude rechercheur nam een kleine pauze.
'Zijn conclusie,' ging hij verder, 'is wel opmerkelijk. Dat heb ik nog nooit eerder meegemaakt. Welke moordenaar benadert zijn slachtoffer op zijn knieën?'
Vledder gebaarde voor zich uit.
'Ik heb goed gekeken hoe de dokter met een lange buigzame sonde de baan van het schot door het lichaam van het slachtoffer aftastte. Die baan liep van ongeveer het punt van het hart schuin omhoog naar de rug. De sonde bleef verder twee keer in het lichaam steken.'
De Cock knikte begrijpend.

'Geen uitschot. Heeft dokter Rusteloos jou de kogel meegegeven die in het lichaam is blijven steken?'
'Ja.'
'Wat heb je er mee gedaan?'
'Ik heb hem met de uitschotkogels die wij ter plekke vonden naar onze deskundigen aan het hoofdbureau gebracht.'
De Cock knikte.
'Heel goed.' De grijze speurder schudde even vertwijfeld zijn hoofd. 'Ongelofelijk... een moordenaar op zijn knieën voor zijn slachtoffer. Het is een bezopen idee.'
De oude rechercheur zweeg even. Vledder zag hem nadenken.
'Neem morgen even contact op,' ging hij verder, 'met onze collega's van Gooi en Vechtstreek en vraag of bij de beschieting van Herman van Breukelen een uitschot heeft plaatsgevonden.'
Vledder leek geschokt.
'Daar hebben wij niet naar gekeken.'
De Cock glimlachte.
'Wij werden door mevrouw Van Breukelen verrast. Ik durfde het onderzoek daarna niet voort te zetten.'
Vledder reageerde wat verward.
'Waarom feitelijk niet? We hadden toch even op zijn rug kunnen kijken. We weten nu niet eens door hoeveel kogels hij is geraakt.'
De Cock grinnikte.
'Ik paste ervoor om in haar bijzijn verdere handelingen van onderzoek te doen.'
'Waarom?'
'Wanneer mevrouw Van Breukelen – wellicht in haar onnozelheid – later aan de rechercheurs van politie Gooi en Vechtstreek meldt welke opsporingshandelingen wij daar hadden verricht, dan had dat tussen de korpsen beslist een heftige tumult veroorzaakt.'
Vledder snoof.
'Ik snap het. Incompetentie. We waren ter plekke niet bevoegd tot handelen of oordelen.'

'Precies.'
Vledder gebaarde.
'Als er ook bij Herman van Breukelen een uitschot heeft plaatsgevonden? Wat dan?'
De Cock wees naar de telefoon.
'Geef onze collega's uit het Gooi dan de hint dat zij door de patholoog-anatoom bij de gerechtelijke sectie van het slachtoffer het verschil tussen in- en uitschot laten opmeten. Dat zullen zij vermoedelijk uit eigener beweging niet laten doen.'
Vledder keek hem peinzend aan.
'Verwacht je daar wat van?'
De Cock knikte.
'Petrus van Wijngaarden stond rechtop toen hij door kogels uit een revolver werd geraakt. Herman van Breukelen zat in zijn bureaustoel, dus een stuk lager. Normaliter, wanneer de dader stond, zou bij Van Breukelen het uitschot lager liggen dan de plek waar de kogel het lichaam binnendrong.'
'En?'
De Cock grijnsde.
'Ik zal werkelijk verrast zijn wanneer bij het slachtoffer Van Breukelen zowel het in- als het uitschot op vrijwel dezelfde hoogte ligt.'
'Waarom verrast?'
'Begrijp je dat niet?'
Vledder schudde zijn hoofd.
'Wat betekent dat?'
De oude rechercheur glimlachte.
'Dat de moordenaar ook bij het beschieten van Herman van Breukelen op zijn knieën zat.'
Vledder grinnikte.
'Je hebt gelijk... dat is een bezopen idee.'
De jonge rechercheur veranderde van onderwerp.
'Ben je nog in Schoorl geweest?'
De Cock knikte.
'Frederik van Beveren kwam mij om twee uur met een grote donkergroene Cadillac halen.'
Vledder fronste zijn wenkbrauwen.

'Net zo'n wagen als er in Bussum bij de villa van Herman van Breukelen stond?'
De Cock glimlachte.
'Ik denk dat de leden aan de top van de Stichting Leefgenoten allen met zo'n grote Amerikaanse slee rijden.'
Vledder schudde zijn hoofd.
'Petrus van Wijngaarden had een rode Peugeot stationwagon 407.'
De Cock snoof.
'Om pups te vervoeren. Jonge beagles, gefokt voor de vivisectie. We moeten mevrouw Van Wijngaarden nog eens benaderen of haar man ook zo'n donkergroene Cadillac in zijn bezit had.'
De afhangende schouders van Vledder kwamen weer wat omhoog.
'We komen zo langzamerhand toch verder,' sprak hij optimistisch. 'Door de verklaring van Frederik van Beveren hebben we een aardig inzicht in de activiteiten van de Stichting Leefgenoten gekregen.'
De Cock knikte.
'Maar nog weinig inzicht in het waarom van de beide moorden. Het motief ontgaat mij. Hij lijkt erop dat alle leden van de Stichting het een grandioos idee vonden om Leefgenoten als dekmantel te gebruiken voor een profijtelijke handel in hondjes voor de vivisectie.'
Vledder wuifde.
'Ben je vanmiddag tijdens de rit met Frederik van Beveren nog iets verder met hem gekomen? Ik bedoel, jij zult hem toch wel onder vuur genomen hebben.'
De Cock schudde zijn hoofd.
Ik heb alleen wat met hem gebabbeld. Ik krijg van hem een lijst met namen van de fokkers van wie de Stichting Leefgenoten de pups afnam.'
'De opstandige fokkers.'
'Precies. En Thomas van Uitdam was volgens Van Beveren met vrouw en kinderen op vakantie. Hij wist niet waarheen zij waren vertrokken.'

Vledder spreidde zijn handen.
'Wat ik vanmorgen tijdens het verhoor van Frederik van Beveren niet helemaal begreep, was het feit dat jij de moord in Bussum, de moord op hun voorzitter, voor hem verzweeg.'
De Cock glimlachte.
'Ik had er nog geen belang bij om hem die moord op Van Breukelen te melden. Je moet bedenken dat diezelfde Frederik van Beveren net als zijn goede vriend Thomas van Uitdam ook een mogelijke verdachte was... en is. Beiden vormen de enige tegenstelling die wij tot nu in de Stichting Leefgenoten hebben kunnen vinden.'
Vledder knikte begrijpend.
'Heeft Frederik van Beveren jou in Schoorl nog de plek kunnen wijzen waar ze onder leiding van Petrus van Wijngaarden schietoefeningen deden?'
De Cock knikte.
'Na een korte wandeling in de duinen hebben we die plek gevonden.'
'En?'
'Wat bedoel je?'
'Leverde het iets op?'
De Cock lachte.
'Ik heb mijzelf wel iets verweten.'
'Wat?'
'Ik had een schep mee moeten nemen.'
'Waarom?'
'Van Wijngaarden plaatste zijn lege bierblikjes als doelwit tegen een kleine zandheuvel. Ik heb nu met mijn blote handen in het zand gegraven.'
'Wat gevonden?'
De Cock graaide in een binnenzak van zijn colbert en diepte daaruit twee doorschijnende plastic zakjes met in elk een kogel. De oude rechercheur grijnsde breed.
'Negen millimeter... allebei. Verder waren er alleen maar kogels van het kaliber 7.65. Die heb ik niet meegenomen. Ze zijn voor ons niet interessant.'
Vledder knikte begrijpend.

'Ze komen uit de Sauer-pistolen van de leden van de Stichting Leefgenoten.'
De Cock schoof de plastic zakjes naar Vledder.
'Negen millimeter is het kaliber van de kogels die Petrus van Wijngaarden velden. Als onze wapendeskundigen kunnen bevestigen dat deze twee kogels uit de duinen bij Schoorl, zijn afgevuurd met hetzelfde wapen als waarmee Van Wijngaarden werd vermoord, dan...?'
Hij maakte zijn zin niet af.
Het gezicht van Vledder klaarde op.
'Betekent dat,' vulde hij aan, 'dat een van de leden van de Stichting Leefgenoten niet met een Sauer-pistool oefende, maar met een revolver.'
De Cock knikte.
'Heel goed. En dat wij de moordenaar van Petrus van Wijngaarden en vrijwel zeker ook de moordenaar van Herman van Breukelen onder de leden van de Stichting Leefgenoten moeten vinden.'
Vledder streelde de plastic zakjes.
'Kunnen onze deskundigen gemakkelijk bewijzen dat deze kogels uit hetzelfde wapen komen als dat waarmee Van Wijngaarden werd vermoord?'
De Cock knikte.
'De loop van elk wapen laat op de afgevuurde kogel sporen na. Die sporen zijn op elke kogel uit dat wapen identiek. Met goede microscopen zijn die identieke sporen op de afgevuurde kogels dus te achterhalen.'
De oude rechercheur lachte vrolijk.
'Dat heb ik ervan begrepen. Ik ben geen wapendeskundige geworden en mijn opleiding bij de recherche dateert uit de grijze oudheid.'
Vledder gniffelde.
'Maar je bent blij met de vondst?'
'Absoluut. Het zou voor mij een geweldige tegenvaller zijn als de kogels niet identiek zijn.'
'Zag Frederik van Beveren dat je die twee kogels in het zand vond?'

De Cock schudde zijn hoofd.
'Die kans heb ik hem niet gegeven. Begrijp goed dat ik hem nog steeds als een mogelijke verdachte beschouw.'
De telefoon op het bureau van De Cock rinkelde. Vledder boog zich ver naar voren en nam de hoorn op. Al na enkele seconden legde hij de hoorn op het toestel terug.
'Wie was dat?'
Vledder grijnsde.
'Buitendam! Je moet onmiddellijk bij hem komen.'

Commissaris Buitendam strekte zijn rug en legde zijn handen gevouwen voor zich op zijn bureau. Zijn lange slanke gezicht stond ernstig.
'Ik zal je dit keer niet uitnodigen om te gaan zitten, De Cock,' sprak hij geaffecteerd. 'Je doet maar wat je verkiest.' Hij kuchte een paar maal indrukwekkend.
'Ik ben benaderd,' begon hij, 'door onze officier van justitie, meester Van Everdingen. Hij heeft contact gehad met mevrouw Van Breukelen, de echtgenote van de vermoorde voorzitter van de diervriendelijke Stichting Leefgenoten. Het is haar uitdrukkelijke wens... een wens, waarmee meester Van Everdingen volledig instemt... dat aan de dood van haar man geen ruchtbaarheid wordt gegeven. Ook de politie van district Gooi en Vechtstreek heeft dergelijke instructies gekregen.'
De Cock keek hem verwonderd aan.
'Waarom?'
Commissaris Buitendam wuifde met een slanke hand.
'Diervriendelijke stichtingen zijn veelal afhankelijk van giften, donaties van mensen die het doel van zo'n stichting steunen. De moord op een leider van zo'n stichting is negatieve publiciteit en daar is niemand mee gebaat.'
De Cock grinnikte vreugdeloos.
'Moord is een kapitaal misdrijf. Mogen de burgers niet weten dat ook in die kringen mensen om zeep worden geholpen?'
Buitendam maakte een afwerend gebaar.
'Ik breng de wens van onze officier van justitie over en die wens hebben wij te respecteren.'

De Cock schudde zijn hoofd.
'Ik snuffel nu al een paar dagen in de activiteiten van Leefgenoten en trek het diervriendelijke karakter van die stichting ernstig in twijfel. De officier van justitie heeft zich niet volledig laten voorlichten.'
Er kwamen blosjes op de vale wangen van Buitendam.
'Dat heb jij niet te beoordelen,' riep hij fel. 'Onze officier van justitie gaat niet lichtvaardig te werk. Hij beschikt over betrouwbare informanten.'
De Cock snoof.
'Dan mag hij over die informanten wel eens zijn licht laten schijnen. Misschien vallen hem dan wel een paar duistere kanten op.'
Buitendam wuifde opnieuw. Heftiger.
'De Cock, ik verbied je dergelijke opmerkingen te maken. Overigens... jouw collega's van de politie Gooi en Vechtstreek werken voortvarender dan jij. Zij hebben de moord op de voorzitter Van Breukelen al opgelost.'
De Cock keek hem geschrokken aan.
'Opgelost?'
Zijn stem trilde van ongeloof.
Commissaris Buitendam knikte.
'Een paar minuten geleden is hun telexbericht uitgekomen. Zij verzoeken de opsporing, aanhouding en voorgeleiding van Thomas van Uitdam als verdacht van de moord op Herman van Breukelen.'
De mond van De Cock viel open. Hij greep met beide handen naar zijn hoofd.
'Wat een stommiteit!' riep hij vertwijfeld. 'Thomas van Uitdam is de dader niet. Die is al een poosje met zijn vrouw en kinderen op vakantie.'
De oude rechercheur keek de commissaris geschrokken aan.
'Dat telexbericht is met die tekst al naar alle politieposten in ons land gestuurd?'
Buitendam knikte.
'Absoluut.'
De Cock kneep zijn ogen even dicht.

'En die Van Everdingen durft mij een wens op te dringen om die moord te verzwijgen terwijl iedereen dat bericht van de telex kan plukken. Het wordt toch hoog tijd dat zo'n officier van justitie – opsporingsambtenaar bij uitnemendheid – eens een poosje bij een simpele rechercheur in dienst gaat om te leren zijn hersens te gebruiken.' Hij pauzeerde even. 'En dat geldt ook voor tal van commissarissen van politie.'
Commissaris Buitendam kwam woedend achter zijn bureau vandaan. Zijn ogen vonkten en zijn neusvleugels trilden. Hij strekte zijn hand naar de deur.
'Eruit!'
De Cock ging.

10

Vledder keek hoe zijn oudere collega met een verbeten trek op zijn gezicht tegenover hem ging zitten. Hij schoof zijn computer opzij. Daarna hield hij zijn hoofd iets scheef en keek hem onderzoekend aan.
'Is het weer zover?' vroeg hij spottend. 'Ben je weer eens van zijn kamer geschopt?'
De Cock grijnsde.
'Die man leert het nooit,' sprak hij grommend. 'Officieren van justitie zijn in zijn ogen bijna heiligen. Engeltjes eerste klas. Altijd rechtschapen, onwankelbaar en doordrenkt van gezag. Er valt geen smetje aan die lieden te ontdekken. Onze bloedeigen commissaris accepteert van die heren alles. Kritiekloos. Zolang ik hem ken laat hij nooit een eigen geluid horen.'
Vledder boog zich iets naar voren.
'Wat was er nu weer?'
De Cock schudde vertwijfeld zijn hoofd.
'Je houdt het niet voor mogelijk,' riep hij opgewonden. 'Op verzoek van mevrouw Van Breukelen uit Bussum uitte meester Van Everdingen, onze officier van justitie, de vurige wens dat aan de moord op de voorzitter van de Stichting Leefgenoten geen ruchtbaarheid wordt gegeven.'
Vledder grinnikte.
'Dan moet hij toch niet bij ons zijn,' sprak hij hoofdschuddend. 'De moord op die voorzitter is geen zaak van ons, maar wordt door de politie Gooi en Vechtstreek behandeld.'
De Cock knikte.
'Volgens commissaris Buitendam zou Van Everdingen zijn verzoek ook aan onze collega's hebben gericht.'
'En?'
De Cock grinnikte vreugdeloos.
'Maar diezelfde politie van Gooi en Vechtstreek zette vanmiddag een uitgebreid bericht op de telex waarin zij de op-

sporing, aanhouding en voorgeleiding verzoeken van Thomas van Uitdam als verdacht van de moord op Herman van Breukelen.'
Vledder reageerde geschokt.
'Het is niet waar?'
De Cock zuchtte.
'Het is teleurstellend wel waar. Commissaris Buitendam concludeerde daaruit zelfs dat onze collega's bij Gooi en Vechtstreek blijkbaar actiever en voortvarender handelen dan wij.'
Vledder spreidde zijn handen.
'Wat is de basis van dat verzoek op de telex? Op welke gronden menen zij dat Thomas van Uitdam verdachte is?'
De Cock gebaarde.
'Volgens artikel 27 van ons Wetboek van Strafvordering is een verdachte *degene te wiens aanzien uit feiten en omstandigheden een redelijk vermoeden van schuld voortvloeit.*'
Vledder zwaaide.
'Wat zijn die feiten en omstandigheden?'
De Cock maakte een schouderbeweging.
'Ik vermoed dat onze collega's bij Gooi en Vechtstreek grote waarde hebben gehecht aan de verklaring van mevrouw Van Breukelen dat haar man die avond een afspraak had met Thomas van Uitdam.'
Vledder knikte.
'Voeg daarbij de mededeling in ons proces-verbaal dat Thomas van Uitdam wel eens met Van Breukelen van mening verschilde, en zij bombarderen hem prompt tot verdachte.'
De Cock trok een bedenkelijk gezicht.
'Misschien zijn ze wel naar hem op zoek gegaan. Toen ze hem niet thuis troffen hebben ze dat vermoedelijk als een vlucht geïnterpreteerd.'
Vledder schudde zijn hoofd.
'Zo pleegt men toch geen onderzoek?' sprak hij afkeurend. 'Men gaat met de vrijheid van mensen toch wat zorgvuldiger om? Ze hebben ook ons niet verwittigd terwijl ze toch weten dat wij in feite aan dezelfde zaak werken.'
De Cock wuifde afwerend.

‘Laten we geen kritiek leveren op onze collega’s. Het is een oud zeer. Tussen de politiekorpsen onderling bestaat al rivaliteit zolang ik bij de politie ben. Vooral de politie van Amsterdam gunt men geen succes. Men vindt dat we in Amsterdam al te veel kapsones hebben.’
‘Hoe komen we daar vanaf?’
‘Wat bedoel?’
‘Die rivaliteit?’
De Cock ademde diep.
‘Het hele politiebestel moet nodig op de schop. We vallen al een eeuwigheid tussen de wal en het schip, ik bedoel tussen twee ministeries: Binnenlandse Zaken en Justitie. Dat geeft wrijvingen. Om al die tegenstellingen op te lossen moet er één ministerie komen... een ministerie van Politie.’
‘Kan dat?’
De Cock reageerde fel.
‘Natuurlijk kan dat.’
‘Zou dan de rivaliteit verdwijnen?’
‘Een strak leidende minister van Politie kan die concurrentiegedachte doen indammen. Bovendien kan hij zorgen voor meer openheid.’
De oude rechercheur stond van zijn stoel op en slofte naar de kapstok.
Vledder kwam hem na.
‘Waar ga jij heen.’
De Cock keek over zijn schouder.
‘Na mijn ellende met Buitendam dorst mijn droge keel naar het fluweel van een cognackie.’
Vledder glimlachte.
‘Op naar het etablissement van Smalle Lowietje.’

Lowietje, wegens zijn geringe borstomvang in het woelige wereldje van de penoze meest Smalle Lowietje genoemd, wreef zijn kleine handjes langs zijn morsige vest en begroette de oude rechercheur met glinsterende ogen.
‘Welkom, welkom,’ kirde hij uitbundig. ‘Welkom in mijn nederig etablissement. Ik dacht dat men jou naar een andere regio

had overgeplaatst, zo weinig zie ik je de laatste tijd. Of zijn bij de recherche spiritualiën tot verboden geneugten verklaard?'
De Cock lachte hartelijk.
'Als ik jouw etablissement niet meer zou mogen bezoeken, Lowie, nam ik ontslag bij de politie.' Hij schuifelde naar het einde van de bar en hees zijn negentig kilo op een kruk. Het was zijn vaste stek. Hij wist hoe licht ontvlambaar de gemoederen in de buurt waren. Vanaf die plaats had hij een goed overzicht over alles.
Vledder nam lenig naast hem plaats. De jonge rechercheur voelde zich steeds meer thuis in het schemerig intieme lokaaltje van Smalle Lowietje, waar meisjes van de vlakte verpozing en vergetelheid zochten achter een pittig likeurtje of een citroentje met suiker.
De tengere caféhouder keek naar de oude rechercheur op. Zijn vriendelijke muizensmoeltje glom van genegenheid.
'Hetzelfde recept?'
De Cock antwoordde niet. Hij wist dat dit niet van hem werd verlangd. De vraag vormde slechts een inleiding... een inleiding tot een bijna sacraal gebeuren. Vergenoegd keek hij toe hoe Smalle Lowietje aalglad onder de tapkast dook en tevoorschijn kwam met een fles pure Franse cognac Napoleon, die de kastelein speciaal voor hem gereserveerd hield.
De tengere caféhouder zette drie diepbolle glazen op de bar. Hij dronk altijd een glas mee. Behoedzaam schonk hij in.
De Cock genoot van de koesterende toewijding waarmee de kastelein hem bediende. De schaarse momenten die de misdaad hem vergunde bij Smalle Lowietje door te brengen, probeerde hij in zijn herinnering vast te leggen. Hij hief het glas op, schommelde het zachtjes in zijn hand en snoof. Op zijn brede gezicht vol groeven verscheen een glans van opperste verrukking. Met getuite lippen nam hij een slok en liet het vocht genietend door zijn dorstige keel glijden. Even sloot hij zijn ogen, toen zette hij het glas omzichtig op de bar terug.
Smalle Lowietje keek hem verwonderd aan.
'Je hebt geen toost uitgebracht.'
De Cock trok een somber gezicht.

‘Is er op deze gewelddadige wereld nog iets om vrolijk op te toosten?’
De caféhouder hief juichend zijn arm omhoog.
‘Op de misdaad... lang zal ze leven. Zonder misdaad was jij werkeloos.’
De Cock schudde zijn hoofd.
‘Misdaad is van alle tijden,’ reageerde hij rustig. ‘Kaïn – Ben ik mijn broeders hoeder? – sloeg Abel. En Ali Baba – Sesam open u! – had veertig rovers. Het is nooit anders geweest. Een wereld zonder criminelen en zonder oplaaiend geweld is een illusie.’
Smalle Lowietje keek hem onderzoekend aan.
‘Ben je een tikkeltje chagrijnig?’
De Cock lachte vrijuit.
‘Je moet als rechercheur,’ grapte hij, ‘niet gaan filosoferen over je werk... dat brengt slechts droefenis.’
‘Druk aan de Kit?’
‘Nogal.’
‘Waar ben je mee bezig?’
De Cock glimlachte.
‘Een organisatie voor dierenbescherming die hondjes laat fokken voor vivisectie.’
Smalle Lowietje schudde zijn hoofd.
‘Hou op. Dat is toch bezopen, totaal bezopen.’
De Cock grinnikte.
‘Dat dacht ik ook. Bezopen. Maar mensen met een criminele inslag zijn vaak erg inventief.’
De tengere caféhouder trok een vies gezicht.
‘Dat mensen actie voeren ter bescherming van dieren is te prijzen, maar onder een valse vlag dieren te laten fokken voor vivisectie is ronduit walgelijk.’
De Cock knikte.
‘Je hebt gelijk.’
Smalle Lowietje keek hem onderzoekend aan.
‘Hoe ben je daar achter gekomen?’
De Cock krabde zich even achter in de nek.
‘Er is blijkbaar herrie onder de actievoerders ontstaan. Bovendien zijn de fokkers van honden er achter gekomen waar hun

geleverde diertjes voor dienden. Zij kwamen in opstand en eisten meer geld voor hun honden. Dat werd geweigerd. Inmiddels zijn er al twee slachtoffers gevallen.'
'Twee moorden?'
'Precies.'
'Is het een bekende organisatie?'
De Cock schudde zijn hoofd.
'Ik had voor ik aan deze zaak begon nog nooit van ze gehoord.'
'Hebben ze een naam?'
De Cock glimlachte.
'Leefgenoten.'
Smalle Lowietje fronste zijn wenkbrauwen.
'Stichting Leefgenoten?'
'Inderdaad.'
De caféhouder trok een denkrimpel in zijn voorhoofd.
'De leiding van die Stichting Leefgenoten ligt toch in handen van ene Van Wijngaarden?'
De Cock keek hem verrast aan.
'Ken jij Van Wijngaarden?'
Smalle Lowietje knikte vaag.
'Hij gaat met Blonde Femmy.'
'Een hoertje?'
De caféhouder knikte opnieuw.
'Niet zomaar een hoertje. Een beeld. Echt waar. Een kostelijk blond stuk met alles d'r op en d'r an. Die heer Van Wijngaarden is stapelgek op die meid. Volgens Blonde Femmy heeft hij op een van de grachten voor haar een kasteeltje laten bouwen.'
De Cock glimlachte.
'Een kasteeltje?'
Smalle Lowietje knikte.
'Zo noemt ze dat.'
'Zit ze nog?'
'Je bedoelt of ze nog in de business zit?'
'Ja.'
'Zeker. Nog bijna dagelijks.'
'Bij wie?'

'Tante Greet.'
'Van wie heb je die naam Van Wijngaarden?'
'Van Blonde Femmy zelf. Ze is zo trots als een pauw met die vangst.'
'Heb jij hem wel eens gezien?'
Smalle Lowietje gebaarde naar een tafeltje.
'Hij was hier met Blonde Femmy in mijn etablissement. Een slanke man met een bolrond gezicht en een grote zwarte snor.'
'Dat klopt.'
De tengere caféhouder keek hem even peilend aan.
'Is er wat met die Van Wijngaarden?'
De Cock knikte.
'Iemand joeg hem drie kogels door mijn hart.'
'Dood?'
'Wat dacht je?''
Smalle Lowietje sloeg zijn hand voor zijn mond.
'Dat zal Blonde Femmy een bult centjes schelen. Van Wijngaarden zat goed in de slappe was.'

De rechercheurs verlieten het schemerig intieme lokaaltje van Smalle Lowietje. Met de milde gloed van de cognac in hun aderen liepen ze via de Achterburgwal en de Oude Kennissteeg naar het Oudekerksplein.
Tot hun pijnlijke verrassing begon het te regenen. De Cock trok de kraag van zijn regenjas omhoog en schoof zijn oude hoedje iets naar voren. Traag en loom daalde het hemelwater op hen neer. De nattigheid deed geen afbreuk aan de business. Het droeve leger van behoeftigen trok in dichte drommen langs de roze etalages met schaars geklede vrouwen in tal van kleurschakeringen.
Op het Oudekerksplein bleef De Cock even staan en schoof toen links de Sint Annendwarsstraat in.
Vledder kwam hem na.
'Waar ga je naartoe?' vroeg hij verwonderd
De Cock wees voor zich uit.
'Daar is het pandje van Tante Greet.'
Vledder knikte begrijpend.

'Blonde Femmy.'
Achter het smalle raam van Tante Greet zat met een verveeld gezicht in het zachtroze licht een beeldschone vrouw. De omschrijving van Smalle Lowietje klopte. Niet zomaar een hoertje, maar een kostelijk blond stuk met alles d'r op en d'r an.
De Cock stapte haar kamertje binnen. Toen Vledder zich bij hem aansloot, maakte de vrouw afwerende gebaren.
'Geen twee tegelijk.'
De grijze speurder lachte.
'Wij komen niet als klant,' sprak hij verontschuldigend. 'Ik ben rechercheur De Cock van het politiebureau aan de Warmoesstraat. De Cock spel je met ceeooceekaa.' Hij duimde over zijn schouder. 'Dat is mijn jonge collega Vledder. We willen even met u praten over de heer Van Wijngaarden. Petrus van Wijngaarden. Uit betrouwbare bron weten wij dat u met hem bevriend bent.'
De vrouw knikte.
'Dat is zo. Al geruime tijd. Alleen noem ik hem geen Petrus maar Pierre. Petrus is zo'n man in de hemel en daar lijkt hij niet op. Ik wil hem ook niet hemels noemen.'
De Cock glimlachte.
'In de buurt noemen ze u Blonde Femmy. Wat is uw werkelijke naam?'
'Femmy de Boer.'
De Cock trok een blij gezicht.
'Het is mij een genoegen om met u kennis te maken. Hoe hebt u de heer Van Wijngaarden leren kennen?'
Femmy wees naar de canapé in haar peeskamertje.
'Hier, als klant. Pierre wilde hier echter op den duur niet meer verschijnen. Je krijgt algauw het predicaat van hoerenloper.'
De Cock knikte begrijpend.
'En toen?'
Femmy gebaarde.
'Op de Prinsengracht heeft hij in een grote tuin achter een diep pand een huis van ontvangst laten bouwen. Daar ontving hij mij of... eh, ontving ik hem.'
'Wanneer heeft u hem voor het laatst gezien?'

Het gezicht van Femmy de Boer betrok.
'Dat is al meer dan een week geleden. Zeker. Ik maak mij een beetje zorgen. Het ellendige is dat ik hem niet kan opzoeken. Ik kan moeilijk bij zijn vrouw op de stoep gaan staan. Hij belt altijd wanneer hij mij in zijn kasteeltje verwacht. Zonder dat telefoontje mag ik niet komen. Dat is afspraak.'
'Hij heeft niet gebeld?'
Femmy schudde haar hoofd.
'Nee, helemaal niet.'
'Heeft Pierre wel eens met u over privézaken gesproken?'
'Ik weet dat hij getrouwd is,' grinnikte Femmy.
'Wat doet hij... beroepshalve?'
Femmy lachte.
'Pierre handelt in hondjes. En dat schijnt een goede business te zijn.'
'Hoezo?'
Femmy liet haar blauwe ogen twinkelen.
'Pierre kan zich veel permitteren. Ik ga je niet aan je neus hangen hoeveel geld hij aan mij kwijt is, maar ik heb door hem intussen een aardig spaarcentje opgebouwd.'
Femmy verschoof iets op haar stoel. Haar knappe gezicht kreeg een ernstige uitdrukking.
'Vanwaar uw belangstelling voor Pierre. Zoekt u hem? Heeft hij iets geflikt?'
De Cock schudde zijn hoofd.
'Pierre...' De Cock weifelde. 'Eh... uw Pierre leeft niet meer.'
De mond van Femmy de Boer zakte open.
'Leeft niet meer,' herhaalde ze hees. 'Is hij dood?'
De Cock knikte.
'Vermoord. Iemand schoot een revolver op hem leeg.'
Femmy keek De Cock verbijsterd aan.
'Een klein, vies, vet mannetje met peenhaar. Op de Prinsengracht heeft Pierre hem eens aan mij voorgesteld. Freek... Freek van Beveren. Die was daar om het pand te bekijken.'
De Cock keek haar onderzoekend aan.
'Wat... wat,' stotterde hij. 'Wat is er met Freek van Beveren?'
Femmy keek hem aan. Er kwam angst in haar ogen.

‘Die vent deugt niet. Pierre was een beetje benauwd voor hem. Echt bang. Toen hij weg was zei Pierre tegen mij: Kijk, Femmy, dat is nu een mannetje dat je met liefde een mes tussen je ribben duwt of een kogel door je hart jaagt.’

11

Na de beeldschone Femmy Boer met het verlies van haar kostbare vriend te hebben gecondoleerd, verlieten ze haar nietige peeskamertje en liepen vanuit de Sint Annendwarsstraat zwijgend terug naar het Oudekerksplein. Het regende nog steeds, maar van een plensbui was het een miezerige motregen geworden.

De Cock blikte naar de hemel en liet het water op zijn gezicht vallen. De lijfelijke nabijheid van de sensuele Femmy had wat gloed op zijn wangen gebracht.

Vledder duimde achter zich.

'Je was gauw met haar klaar. Dat verbaasde me. Had je Femmy de Boer niet wat meer kunnen uitdiepen over de verhouding met haar Pierre van Wijngaarden?'

De Cock schudde zijn hoofd.

'Die meid zit daar niet voor haar plezier. Zolang wij in haar peeskamertje staan, verdient ze geen stuiver. Als dat nodig is kunnen we haar altijd nog eens benaderen.'

Vledder trok zijn gezicht in een ernstige plooi.

'Zouden Frederik van Beveren en Petrus van Wijngaarden werkelijk in een ernstige conflictsituatie hebben geleefd? Volgens de mooie Femmy was haar vriend bang voor dat kleine, vieze mannetje met peenhaar?'

De Cock trok zijn schouders op.

'Een conflictsituatie?' sprak hij geringschattend. 'Wellicht is er sprake geweest van enige rivaliteit. Als ik het goed inschat had Petrus van Wijngaarden de opdracht gekregen om dat oude pand aan de Prinsengracht rijp te maken om in de nabije toekomst als hoofdkantoor van de stichting te kunnen fungeren. Van Wijngaarden zal daarvoor een bepaald budget hebben gekregen. Dat andere topfiguren van de Leefgenoten af en toe eens kwamen kijken hoe de verbouwing vorderde, is te begrijpen.'

Vledder snoof.

'Dat kasteeltje voor zijn minnares achter in de tuin zal zeker kwaad bloed hebben gezet. We kunnen er wel van uitgaan dat hij voor het bouwen en inrichten van dat kasteeltje geen toestemming van de andere leden van de stichting zal hebben gekregen.'
De Cock knikte.
'Maar of dat als motief kan worden gezien voor de moorden die later volgden, waag ik te betwijfelen. Alle figuren van de stichting die wij tot nu hebben ontmoet, waren betrokken bij die levendige handel in hondjes voor de vivisectie. Het idee was van voorzitter Van Breukelen, maar zowel Van Wijngaarden als Van Beveren en vermoedelijk ook Van Uitdam deden opgewekt mee. In dat opzicht hadden ze elkaar niets te verwijten.'
Vledder wuifde geïrriteerd.
'Er moet toch een motief zijn? Die twee moorden moeten toch ergens een bedding hebben?'
De Cock maakte een grimas.
'Ik vrees dat wij daar nooit achter komen.'
Vledder bleef vertwijfeld staan.
'De Cock, je geeft dit toch niet op?'
In zijn stem trilde wanhoop.
De oude rechercheur liep door en reageerde verder niet.
Ze stapten de hal van het politiebureau aan de Warmoesstraat binnen. Jan Rozenbrand achter de balie keek op. Hij kwam onmiddellijk overeind, pakte een envelop van zijn bureau en begon daarmee te zwaaien.
De Cock liep op hem toe.
'Fanmail?' vroeg hij lachend.
De wachtcommandant grinnikte.
'Dit kwam vroeg in de avond een man brengen. De brief is aan jou gericht. Rechercheur De Cock persoonlijk.'
De grijze speurder nam de brief aan en gaf hem aan Vledder.
'Kijk eens wat het is?'
De jonge rechercheur pakte een ballpoint uit de zak van zijn doorweekte jack, ritste daarmee de envelop open en bekeek de inhoud. Daarna hield hij een lijst omhoog.

'Namen en adressen uit het hele land. Vooral Noord-Brabant en de Veluwe.'
De Cock knikte begrijpend.
'Fokkers van Beagles.' Hij wendde zich tot de wachtcommandant.
'Wie bracht die brief?'
Jan Rozenbrand gebaarde.
'Een kleine, wat gezette man in een slobberig kostuum vol vlekken.'
Vledder grinnikte.
'Dat is onmiskenbaar Frederik van Beveren. Heeft hij toch woord gehouden.'
De wachtcommandant wees omhoog.
'Er zit boven nog een man op je te wachten.'
'Op mij?'
'Hij vroeg naar rechercheur De Cock. Omdat ik jou en Vledder vanavond wel terugverwachtte, heb ik hem naar boven laten gaan.'
'Heb je naar zijn naam gevraagd?'
Jan Rozenbrand liet zijn blik over zijn bureau dwalen.
'Ik heb ergens zijn naam genoteerd.' Hij bukte zich ver naar voren en vond een briefje. 'Hier heb ik het: Thomas van Uitdam.'
De Cock keek hem geschrokken aan.
'Thomas van Uitdam?'
'Die naam gaf hij op.'
De Cock kneep zijn beide ogen even dicht.
'Die man wordt door de politie van Gooi en Vechtstreek gezocht wegens moord. Je had hem onmiddellijk moeten arresteren en op transport moeten zetten.'
Het gezicht van de wachtcommandant kleurde.
'Moord... hoe weet ik dat?'
De Cock wees naar het oude telexapparaat bij de muur achter de balie.
'Zijn verzoek tot opsporing, aanhouding en voorgeleiding staat op de telex.'
Jan Rozenbrand stak in woede zijn armen omhoog.

'Heb ik hier achter de balie niets te doen?' gromde hij kwaad. 'Ik heb hier voortdurend aanloop. Er is altijd wat. Altijd ellende. Ik heb waarachtig niet de tijd om elke dag al die gore telexberichten door te nemen! Er gebeuren tegenwoordig elke dag wel een paar moorden. Dat is gewoon niet meer bij te houden.'
De Cock liet de bijna overspannen wachtcommandant rustig uitrazen. De oude rechercheur discussieerde niet verder. Zwijgend draaide hij zich om en liep opmerkelijk kwiek de stenen trappen op naar de tweede etage. Vledder volgde hem.

Op de bank voor de toegangsdeur naar de grote recherchekamer zat een keurig geklede heer. Hij droeg een donkerblauw kostuum van goede snit, waaronder een wit overhemd met een rode stropdas. Naast hem op de bank lag zijn regenjas.
Toen de wachtende man De Cock in het oog kreeg kwam hij overeind en liep op de grijze speurder toe.
'Behandelt u de moord op Petrus van Wijngaarden?' vroeg hij dwingend.
De Cock ging op de vraag niet in. Hij keek hem schuins aan.
'Wie... eh, wie bent u?'
De man maakte een verontschuldigend gebaar.
'Sorry. Ik voel mij wat opgelaten. Mijn naam is Van Uitdam... Thomas van Uitdam.'
De oude rechercheur besloot tot een kleine vertragingstechniek. Hij hield de deur van de grote recherchekamer voor de man open en leidde hem naar de stoel naast zijn bureau. Daarna liep hij terug naar de kapstok en ontdeed zich traag van zijn natte hoed en regenjas. Terug bij zijn bureau gebaarde hij Thomas van Uitdam dat hij kon gaan zitten. Pas daarna nam hij zelf plaats.
'Mijn naam is De Cock,' opende hij vriendelijk. De Cock met... eh ceeooceekaa. Hij wees voor zich uit. 'Dat is mijn collega Vledder. Wij houden ons inderdaad met die moord bezig.'
Van Uitdam verschoof iets op zijn stoel.
'Ik hoorde vanmiddag van mijn vriend Frederik van Beveren dat Petrus van Wijngaarden in dat pand aan de Prinsengracht is vermoord.'

'Kent u dat pand?'
Van Uitdam knikte.
'Ik ben er een paar maal geweest, om te kijken of Van Wijngaarden al vorderingen maakte. Het gebouw zou in de toekomst ons hoofdkantoor worden. Ook mijn vriend Van Beveren is daar een paar maal op bezoek geweest.'
De Cock gniffelde.
'Toezicht?'
'Zo zou u het kunnen noemen.'
'Eigen initiatief, of in opdracht van uw voorzitter Van Breukelen?'
Thomas van Uitdam kneep zijn lippen samen.
'Eigen initiatief,' antwoordde hij kortaf.
'Kritiek?'
Thomas van Uitdam keek De Cock strak aan.
'Zeker. Er was kritiek. Van Beveren en ik waren het met zijn handelwijze niet eens. Wij meenden dat Van Wijngaarden tijd en geld verspilde.'
'Dat hebt u beiden hem verweten?'
'Wij hebben hem op zijn fouten gewezen,' sprak Van Uitdam wrevelig. 'Af en toe deed een eenzame timmerman in dat pand een paar klusjes. Het schoot niet op. Dat proces kon nog jaren duren. In het pand hing nog steeds de geur van haringen in het zuur en uitjes in de wijnazijn.'
De Cock glimlachte.
'Hoe reageerde Van Wijngaarden op jullie kritiek?'
Van Uitdam maakte een verontschuldigend gebaar.
'Petrus van Wijngaarden werd op den duur vijandig. Zijn houding van welwillendheid verdween. Hij dreigde ons in de toekomst de toegang tot het pand aan de Prinsengracht te ontzeggen.'
'Dat kon toch niet?'
Van Uitdam schudde zijn hoofd.
'Het pand is eigendom van onze stichting. Van Wijngaarden kon ons de toegang niet verbieden.'
'Tot handtastelijkheden is het nooit gekomen?'
Thomas van Uitdam maakte een hulpeloos gebaar.

'Dat hebben Van Beveren en ik gelukkig steeds kunnen vermijden. Maar ieder lid van de Stichting Leefgenoten wist op den duur dat er tegenstellingen waren tussen ons. Daarom intrigeert ons de moord op Van Wijngaarden. Wij zijn benieuwd naar de achtergronden.'
Hij zweeg even nadenkend.
'Hebt u al resultaten geboekt?'
De Cock antwoordde niet direct. Hij nam enige seconden de tijd om de man intensief in zich op te nemen. Hij schatte Thomas van Uitdam op achter in de veertig. Zijn donkere haar liep boven de slapen iets terug. Hij had lichtgroene ogen en zijn ovale gelaat was bruinverbrand.
De grijze speurder overwoog welke indruk Thomas van Uitdam op hem maakte. Hoe hij de man moest inschatten. Van Uitdam leek hem gecompliceerder en intelligenter dan de wat gezette Van Beveren. De oude rechercheur kon niet tot een bevredigende conclusie komen. De man bleef voor hem een raadsel.
Hij glimlachte.
'Het onderzoek naar de moord op Petrus van Wijngaarden verloopt niet zo vlot als wij hadden gehoopt. Dat betreuren wij. Op zoek naar achtergronden zijn ons wel enkele eigenaardigheden opgevallen.'
Van Uitdam keek hem onderzoekend aan.
'Wat voor eigenaardigheden?'
De Cock glimlachte opnieuw.
'Vreemde wendingen in de organisatie van de stichting. U bent toch een lid van het bestuur?'
Van Uitdam knikte een paar keer.
'Onder voorzitterschap van Van Breukelen vormden Van Wijngaarden, Van Beveren en ik de leiding van de Stichting Leefgenoten.'
De Cock gebaarde in zijn richting.
'U bent dus medeverantwoordelijk voor de enorme zwaai die de Stichting heeft gemaakt.'
'U bedoelt?'
De Cock glimlachte.

'Van een groep fanatieke dierenactivisten die onder meer houders van pelsdieren lastigvielen, bent u omgezwaaid naar het fokken van honden voor vivisectie. Dat kan men wel een revolutie noemen.'
'Een revolutie. Zeker. Maar niet zonder slag of stoot,' begon Van Uitdam. 'Denkt u niet dat wij, Frederik van Beveren en ik, onmiddellijk stonden te juichen.'
'Niet?'
Van Uitdam schudde zijn hoofd.
'Het idee was van onze voorzitter. Van Wijngaarden was meteen enthousiast. Maar Van Beveren en ik hadden toch onze bedenkingen. Wij vonden het idee volkomen in strijd met de doelstellingen van de stichting en weigerden onze medewerking.'
De Cock keek hem niet-begrijpend aan.
'Waarom ging u overstag?'
Thomas van Uitdam zuchtte.
'Financiën.'
De Cock reageerde met verwondering.
'De Stichting Leefgenoten is toch rijk?'
Van Uitdam schudde zijn hoofd.
'De donaties liepen sterk terug. Het leek alsof de mensen steeds minder bereid waren om onze activiteiten financieel te steunen.'
De Cock trok rimpels in zijn voorhoofd.
'Er waren toch grootste plannen... een hoofdkantoor in het centrum van Amsterdam?'
Thomas van Uitdam trok een brede grijns.
'En een hoerenstulpje voor Petrus van Wijngaarden achter in de tuin.'
De Cock hem strak aan.
'Pleegde Van Wijngaarden financieel wanbeheer? Hebt u hem daarom uitgeschakeld?'
'U verdenkt Van Beveren en mij van moord?' Van Uitdam klonk geschokt.
De Cock antwoordde niet.
'Financieel wanbeheer,' vulde hij aan, 'is een gangbaar motief voor moord. Ik heb begrepen dat Petrus van Wijngaarden in

vele opzichten een eigen weg volgde en daarbij meestal de steun van de voorzitter kreeg.'
Van Uitdam knikte traag.
'Dat is juist. Van Beveren en ik hebben onze voorzitter daarover vele malen aangesproken. Maar Van Breukelen wilde zijn koers niet wijzigen.' Hij ademde diep. 'En wij wilden geen definitieve breuk.'
De Cock knikte begrijpend.
'Daarom ging u overstag?'
'Juist.'
De Cock boog zich iets naar hem toe.
'Bent u,' vroeg hij traag, 'gisteravond naar Bussum gereisd om te proberen Van Breukelen alsnog tot andere gedachten te brengen?'
'Nee. Ik niet.'
'U had toch een afspraak met hem?'
Van Uitdam schudde zijn hoofd.
'Ik ben gisteravond laat met mijn gezin teruggekomen van een vakantie in Spanje. Ik heb nog geen tijd gehad om afspraken te maken.'
De Cock kauwde even op zijn onderlip.
'Waaruit bestaat uw gezin?'
'Ik ben getrouwd. Ik heb een vrouw en twee dochters... tieners nog.'
'Die vormen uw alibi?'
Thomas van Uitdam keek hem verward aan.
'Wat... eh, wat bazelt u!' riep hij verward. 'Voor wie, voor wat heb ik een alibi nodig?'
De Cock keek de man onbewogen aan.
'Mevrouw Van Breukelen beweert dat u middels haar een afsprak had met haar vermoorde man.'
'Vermoorde man?' riep Van Uitdam geschrokken.
De Cock knikte.
'Herman van Breukelen is... net als Van Wijngaarden... met revolverschoten afgemaakt.'
Thomas van Uitdam keek hem verbijsterd aan.
'Verschrikkelijk.'

De oude rechercheur spreidde zijn armen.
'Ik heb geen keus,' sprak hij somber. 'De politie van Gooi en Vechtstreek heeft per telex uw opsporing, aanhouding en voorgeleiding verzocht. Ik arresteer u als verdacht van de moord op Herman van Breukelen.'

12

'Thomas van Uitdam... is hij weg?'
De Cock knikte traag.
'Op... eh, op transport naar onze collega's van de politie Gooi en Vechtstreek.'
Vledder keek De Cock peilend aan.
'Je bent er niet blij mee?'
De oude rechercheur schonk hem een droeve grijns.
'Echt, ik deed het met pijn in mijn hart. Heb je op zijn gezicht gelet! Hij was door zijn arrestatie in zake moord totaal verbijsterd.'
Vledder snoof.
'Begrijpelijk, als je onschuldig bent.'
'Jij gelooft in zijn onschuld?'
Vledder knikte.
'Absoluut. Jij niet?'
De Cock maakte een hulpeloos gebaar.
'Waarom hebben ze niet eerst contact met ons opgenomen? Dan hadden wij het een en ander kunnen uitleggen. Dat verrekte opsporingsbericht van die lui uit het Gooi kan en mag ik niet negeren. Het zou mijn ontslag betekenen. Ik hoop alleen dat Thomas van Uitdam inderdaad een goed alibi heeft. Dan moeten ze hem na een verhoor weer in vrijheid stellen.'
'En kan hij schadevergoeding eisen.'
De Cock gromde.
'Niet van mij.'
'Kunnen wij dat alibi van Thomas van Uitdam niet voor hem vaststellen?' vroeg Vledder. 'Het moet toch niet moeilijk zijn om zijn familie te achterhalen.'
De Cock schudde zijn hoofd.
'Ik ben feitelijk al te ver gegaan om Thomas van Uitdam hier aan de Warmoesstraat te verhoren. Ik kan dat alleen verantwoorden door te stellen dat ik zijn verhoor nodig had in ver-

band met ons onderzoek naar de moord op Petrus van Wijngaarden.'
Vledder grinnikte vreugdeloos.
'Het is toch een ramp,' riep hij emotioneel, 'om zo'n onderzoek te moeten splitsen omdat een van de moorden in dezelfde zaak buiten Amsterdam wordt gepleegd. Wij worden daardoor in ons werk ernstig belemmerd.'
De Cock knikte.
'Het wordt tijd voor het oprichten van een nationale recherche met bevoegdheden in het hele land. Dit is de eenentwintigste eeuw. Wij leven toch niet meer in de tijd van de Hoekse en Kabeljauwse twisten?'
Vledder lachte.
'Waren die er?'
De Cock knikte nadrukkelijk.
'Die twisten hebben zelfs bijna anderhalve eeuw geduurd. Van rond 1350 tot het einde van de 15e eeuw. En het woord "twisten" is overigens een veel te zoete weergave. Het was een steeds weer oplaaiende complete oorlog. Over en weer vermoordde men elkaar met de grootst mogelijke passie.'
'Dwaas.'
De Cock glimlachte.
'Zo oordelen wij nu. Terecht. Het was een dwaze geschiedenis. Het is alleen de vraag hoe de mensen eeuwen na ons over de wereldsituatie van nu zullen oordelen.'
Vledder gniffelde.
'Ik weet het: dwaas.'
De telefoon op het bureau van De Cock rinkelde. De jonge rechercheur greep de hoorn. Na enige seconden hield hij zijn hand voor het spreekgedeelte.
'Het is de wachtcommandant. Beneden voor de balie staan een man en een vrouw. Ze vragen naar rechercheur De Cock. Kun je ze hebben?'
De grijze speurder knikte gedwee.

Even later ging de deur van de grote recherchekamer langzaam open en in de deuropening verscheen een lange statige man,

onberispelijk gekleed in een effen grijs kostuum met een rode stropdas. De Cock herkende hem onmiddellijk, het was Alexander van Waalwijk.
Hij keek toe hoe Van Waalwijk in rustige tred naderbij kwam. Voor zijn bureau bleef hij staan en duimde over zijn schouder.
'Buiten op de bank zit Betsy... eh, ik bedoel mevrouw Van Wijngaarden. Ze had u al verwacht in haar huis aan de Vondelstraat.'
De Cock maakte een verontschuldigend gebaar.
'Daar zijn wij jammer genoeg nog niet aan toe gekomen.'
Hij wuifde vrolijk naar de deur.
'Laat mevrouw binnenkomen, dan zetten we er nog een stoel bij. Hoe meer zielen, hoe meer vreugd.'

De Cock leunde in zijn stoel achterover en keek de vrouw die voor hem was gaan zitten met welgevallen aan. De omschrijving die Alexander van Waalwijk van haar had gegeven, was juist.
Mevrouw Van Wijngaarden was een mooie vrouw. Ze had grote glanzende bruine ogen en haar haren glommen inderdaad als gepoetste kastanjes. Die kleur gaf een bijzonder effect... een fraaie, bijna feeërieke omlijsting van de blanke huid van haar gezicht.
'Mij werd ingefluisterd,' zo opende De Cock vriendelijk, 'dat u een aversie hebt tegen de politie. Heeft u afschuwelijke ervaringen gehad met de vertegenwoordigers van de heilige hermandad?'
Mevrouw Van Wijngaarden schudde haar hoofd.
'Mijn man hield mij altijd voor om buiten het bereik van politiemensen te blijven. Petrus heeft mij dat zo vaak voorgehouden dat het voor mij bijna een obsessie werd. Als ik ergens een politieman zag staan, liep ik om hem te ontwijken een andere straat in.'
De Cock glimlachte.
'Een vlucht met een rein geweten.'
Mevrouw Van Wijngaarden verschikte iets aan haar blouse.
'Zo rein is mijn geweten niet. Ik heb in samenwerking met mijn

man wel handelingen verricht waarvan ik de overtuiging droeg dat ze strafbaar waren.'
De Cock schudde zijn hoofd.
'Nooit gearresteerd? Nooit veroordeeld?'
'Ik heb nog steeds een blanco strafblad,' zei mevrouw Van Wijngaarden met een glimlach.
De Cock gebaarde wat vaag in de ruimte.
'Kent u het pand aan de Prinsengracht waar wij uw man hebben gevonden?'
Mevrouw Van Wijngaarden trok haar schouders op.
'Nee. Ik wist van het bestaan van dat pand niet af. Ik heb van Alexander gehoord dat Petrus daar timmerwerk liet verrichten door een jonge bouwvakker.'
De Cock spreidde zijn handen.
'Vreemd. U ging vaak met uw man mee op avontuur. En hij vertelde u niets over dat pand en de plannen die hij daarmee had?'
Mevrouw Van Wijngaarden glimlachte.
'Petrus, mijn man, was altijd erg voorzichtig... steeds op zijn hoede. Hij was een man die op straat voortdurend omkeek of hij niet werd gevolgd. Als jij niets weet, zei hij altijd, kan je ook niet in de problemen komen.'
De Cock glimlachte fijntjes terug.
'Wat niet weet, wat niet deert.'
Mevrouw Van Wijngaarden keek hem niet-begrijpend aan.
'Dat spreekwoord ken ik niet.'
De Cock wuifde het weg.
'Had uw man thuis een computer?'
'Ja.'
'En?'
'Wat bedoelt u?'
'Hebt u nooit eens naar de bestanden in de computer van uw man gekeken?'
Mevrouw Van Wijngaarden grinnikte.
'Ik weet niet hoe zo'n apparaat werkt. Petrus heeft wel eens geprobeerd om mij de werking van zo'n ding uit te leggen. Hij gaf het op.'

'Waarom?'
'Volgens Petrus was ik een hopeloos geval. Te stom om er iets van te begrijpen. Ik moet u ook eerlijk bekennen dat het mijn interesse niet heeft.'
De Cock plukte even aan zijn neus.
'Hoe gaat het met Bello, de hond van uw man.'
Mevrouw Van Wijngaarden fleurde iets op. Op de blanke huid van haar wangen kwamen zachtroze blosjes.
'Heel goed, heel goed.' Haar stem trilde een beetje. 'Bello was niet alleen de hond van mijn man. Hij is ook mijn hond. Nu Petrus er niet meer is heb ik veel steun aan onze Bello. Ik heb mij aangeleerd om veel met hem te wandelen. Dat geeft rust en afleiding. De dood van mijn man heeft mij toch diep getroffen.'
De Cock knikte begrijpend.
'Ik heb nu ongeveer een jaar een nieuwe hond... een zwarte dwergschnauzer. Ik heb mijn oude hond moeten laten inslapen. Dat heeft mij veel verdriet gedaan.'
Mevrouw Van Wijngaarden knikte beleefd.
'Dat begrijp ik.'
Het verloop van het verhoor beviel De Cock niet. Hij zocht naar mogelijkheden om door het vlakke, bijna emotieloze pantser van de vrouw te breken.
'U hebt geen kinderen?'
Mevrouw Van Wijngaarden schudde haar hoofd.
'Petrus vond dat de mentaliteit van de huidige mens op aarde niet geschikt was om aan de wereldpopulatie een nieuw creatuur toe te voegen.'
'Cynisch.'
'Zo was Petrus,' antwoordde ze schouderophalend. 'Wij hadden daarover wel eens verschil van mening. Om een eventueel kind van jezelf een creatuur te noemen, vond ik verschrikkelijk. Het is zo negatief.' Ze zweeg even. 'De laatste jaren,' ging ze nadenkend verder, 'kreeg Petrus steeds meer misantropische trekken.'
De Cock glimlachte.
'Dat verklaart wellicht zijn instelling om weerloze dieren te beschermen.' De oude rechercheur keek haar strak aan en lette op

elke gelaatsexpressie. 'Het is toch hemeltergend dat er dieren worden gefokt voor de vivisectie?' zei hij streng.
Mevrouw Van Wijngaarden reageerde onbewogen.
'Dat is erg.'
De Cock zocht een andere invalshoek.
'Had uw man, zoals de andere topfiguren van de Stichting Leefgenoten, een donkergroene Cadillac?'
Mevrouw Van Wijngaarden knikte.
'Zeker. De wagen staat in de garage. Mijn man had hem in bruikleen, zoals de anderen. Een soort statussymbool. Ik vermoed dat de Stichting de wagen nu, na de dood van mijn man, weer zal opeisen.'
De Cock zuchtte.
'Ons onderzoek naar de gewelddadige dood van uw echtgenoot verloopt moeizaam. Mogen we de bestanden in de computer van uw man eens bekijken? Wellicht vinden we daarin aanwijzingen die naar de dader voeren.'
Mevrouw Van Wijngaarden knikte gedwee.
'U komt maar kijken. U weet waar ik woon.'
De Cock streek even met zijn pink over de rug van zijn neus. Het was een gebaar om tijdwinst.
'Wat is de reden,' formuleerde hij voorzichtig, 'dat u vandaag uw aversie jegens de politie hebt laten varen en met uw vriend Alexander bent meegekomen naar de Warmoesstraat?'
Voor het eerst tijdens het onderhoud toonde mevrouw Van Wijngaarden enige emotie. Haar onderlip trilde en haar handen schoven nerveus over haar knieën.
'Ik... eh, ik ben bang. Bang dat ik gevaar loop. Vanmorgen belde mevrouw Van Breukelen uit Bussum mij en vertelde dat ook haar man was vermoord.'
De Cock hield zijn hoofd iets scheef.
'En op basis van die angst bent u gekomen?'
'Petrus en Herman van Breukelen waren vrienden. Ze konden het heel goed met elkaar vinden. Zij hadden dezelfde ideeën, dezelfde inzichten, en ook dezelfde vijanden. En vijanden van hen... zijn ook vijanden van mij. Daarom vrees ik voor mijn leven.'

Toen Alexander van Waalwijk en mevrouw Van Wijngaarden uit de grote recherchekamer waren vertrokken schoof Vledder een van de stoelen opzij en ging er achterstevoren op zitten, naast De Cock.
'Vind jij dat haar leven gevaar loopt?'
De Cock maakte een schouderbeweging.
'Geen idee,' reageerde hij kribbig. 'Iemand had een reden om haar man te vermoorden. Of die reden ook voor zijn vrouw geldt...' Hij maakte zijn zin niet af. 'Om ons van moeilijkheden te vrijwaren moeten we er wel voor zorgen dat in de komende dagen in de deftige Vondelstraat extra wordt gesurveilleerd.'
Vledder klemde zijn armen om de leuning van zijn stoel.
'Je had haar toch kunnen vragen wie zij als vijanden van haar en haar man zag?'
De Cock grijnsde.
'Dat antwoord ken ik al: Frederik van Beveren en Thomas van Uitdam.'
Vledder grinnikte.
'Ik vond het handig van je hoe je het onderwerp *honden voor vivisectie* ter sprake bracht.'
De Cock snoof.
'Ze gaf geen enkele reactie.'
Vledder fronste zijn wenkbrauwen.
'Zou ze van de forse ommezwaai in het beleid van de Stichting Leefgenoten weten?'
De Cock spreidde zijn handen.
'Ik krijg geen hoogte van die vrouw. Ze is naar mijn gevoel veel intelligenter dan ze zich voordoet. Verder is ze mooi, aantrekkelijk. Het kastanjebruine haar is een goddelijke gift. Toen ik bezig was met mijn verhoor dacht ik plotseling aan Femmy de Boer. Ook een mooie vrouw. Maar als ik tussen die twee mocht kiezen... koos ik het hoertje.'
Vledder keek hem verwonderd aan.
'Denk jij aan zulke dingen tijdens een verhoor?'
De Cock grijnsde.
'Dit keer.'

Vledder lachte.
'Oude...'
Verder kwam hij niet.
De deur van de grote recherchekamer werd opengeduwd en Hans Rijpkema kwam opgewekt naar binnen stappen. De Cock stond direct van zijn stoel op en begroette hem hartelijk. De grijze speurder had jaren geleden nog met hem samengewerkt bij de recherche aan bureau Warmoesstraat. Daarna was Hans Rijpkema een wilde tocht door het politiekorps begonnen. Omdat hij goed kon paardrijden kwam hij eerst bij de ruiterij terecht. Na enige strubbelingen werd hij op het hoofdbureau bij de herkenningsdienst geplaatst.
De Cock sloeg hem vriendschappelijk op de schouder.
'Waar zit je nu?'
Hans Rijpkema lachte.
'Ik ben wapendeskundige.'
De Cock keek hem ongelovig aan.
'Sinds wanneer?'
'Een goed jaar.'
De Cock fronste zijn wenkbrauwen.
'Ben je dat zomaar? Wapendeskundige?'
Hans Rijpkema schudde zijn hoofd.
'Niet zomaar. Ik heb een pittige cursus van een paar maanden doorlopen, maar in de praktijk leer je toch het meest. De collega's die al langer in het vak zitten maken je wel wegwijs.'
De Cock knikte begrijpend.
'Wat kom je hier doen?'
Rijpkema lachte opnieuw.
'Gezien onze oude relatie en gekoppelde herinneringen ben ik maar even naar de Warmoesstraat gekomen. Ik heb goed nieuws voor je.'
Vledder gromde.
'Dat hebben we wel nodig.'
Rijpkema negeerde de opmerking en richtte zijn aandacht weer op De Cock.
'We hebben kunnen vaststellen dat de twee kogels die jij in de duinen bij Schoorl hebt gevonden, zijn afgevuurd met hetzelf-

de wapen als dat waarmee Petrus van Wijngaarden werd vermoord. Heb jij daar wat aan?'
De Cock glimlachte.
'Het komt voor mij niet als een verrassing. De leden van de Stichting Leefgenoten, waartoe ook Petrus van Wijngaarden behoorde, trainden in de duinen bij Schoorl.'
'Hoeveel mensen telt die club?'
'Alles bij elkaar een man of vijftig.'
Het gezicht van Hans Rijpkema versomberde.
'Alle mensen. Dan kom je nog niet veel verder.'
De blik van De Cock verhelderde.
'Ik ben er toch erg blij mee. Beslist. En je kunt mij nog verder helpen.'
'Waarmee?'
'In zijn huis in Bussum is Herman van Breukelen, de voorzitter van Stichting Leefgenoten, met enige schoten uit een revolver vermoord. Ik ga ervan uit dat deze moord is gepleegd door dezelfde man of vrouw die Petrus van Wijngaarden neerschoot.'
'En?'
'Onze betrekkingen met de collega's van groep Gooi en Vechtstreek verlopen niet zo soepel. Daarom doe ik liever een beroep op jou. Probeer voor mij te achterhalen of de kogels die Herman van Breukelen velden ook met datzelfde wapen werden afgevuurd.'
Hans Rijpkema glimlachte.
'Dat moet lukken.'
De Cock stak zijn wijsvinger omhoog.
'En nog iets. Voor mij heel belangrijk. Ik ben benieuwd wat bij het slachtoffer Van Breukelen het verschil is tussen in- en uitschot.'
Rijpkema knipperde even met zijn ogen.
'Je hoort van me.'
De telefoon op het bureau van De Cock rinkelde. Vledder pakte de hoorn.
De Cock zag hoe het gezicht van zijn jonge collega na een paar seconden verbleekte.
'Wat is er?' vroeg hij gespannen.

Vledder legde de hoorn op het toestel terug.
'Het was de wachtcommandant. Op het Zoutkeetsplein, op de hoek van de stille Zoutkeetsgracht, is een man neergeschoten. Een surveillancewagen en een wagen van de Geneeskundige Dienst zijn onderweg.'
Hans Rijpkema trok een grijns.
'Sterkte. Ik smeer hem weer. Geloof me, ik ben blij dat ik hier geen dienst meer doe.'

13

Met Vledder aan het stuur reden ze in hun oude Golf van de door de regen glad geworden houten steiger achter het politiebureau van de Warmoesstraat weg. Gevaarlijk slippend bereikten ze het asfalt van de Oudebrugsteeg. Het gezicht van de jonge rechercheur stond gespannen. Al op het Damrak drukte hij het gaspedaal stevig in.
De Cock keek hem van terzijde aan.
'Wil je een snelheidsrecord vestigen?'
Het klonk cynisch.
Vledder minderde vaart.
'Ik kan er niets aan doen,' riep hij verontschuldigend. 'Ik heb bij zo'n melding altijd het gevoel dat we snel ter plekke moeten zijn.'
De Cock grinnikte.
'Dat is alleen belangrijk als de schutter geduldig bij het lijk staat te wachten tot wij komen. Maar dat heb ik in de praktijk nog nooit meegemaakt.'
'En dat verwacht je ook nu niet?'
De Cock schudde zijn hoofd.
'Ook nu niet.' De oude rechercheur trok een grijns. 'Ik vraag me af wat voor een geweldsdelict ons te wachten staat. Als ik het idee heb dat de man het slachtoffer is van een liquidatiemoord, steek ik geen hand uit. Dan waarschuw ik onmiddellijk de mensen van de centrale recherche aan het hoofdbureau.'
'Waarom?'
De Cock gebaarde heftig.
'Daar zijn specialisten,' sprak hij met stemverheffing. 'Die hebben met elkaar al meer dan een dozijn liquidatiemoorden in behandeling.'
Vledder gromde.
'Naar mijn gevoel helpt dat specialisme ook niet veel. Zover ik weet is er in Amsterdam nog geen enkele liquidatiemoord opgelost.'

De Cock trok een mistroostig gezicht.
'Het is ook hopeloos. Aan liquidatiemoorden is voor de recherche geen eer te behalen.'
Vledder keek hem niet-begrijpend aan.
'Waarom niet... moord is moord?'
De Cock zuchtte.
'Bij een liquidatiemoord bestaat er tussen de dader en het slachtoffer in de meeste gevallen geen enkele relatie. Er valt niets te ontwarren, niets uit te pluizen. De opdrachtgever of opdrachtgevers blijven anoniem. Vaak zijn er meerdere tussenpersonen. Langs een grote omweg komt de opdracht bij de huurmoordenaar terecht. De weg terug naar de opdrachtgever is nooit meer te volgen.'
Het gezicht van de oude rechercheur verstarde.
'Huurmoordenaars... in mijn ogen de smerigste en lafste figuren onder de criminelen. Vaak komen ze vanuit een of ander duister Balkanland even via Schiphol binnenwippen en zijn alweer vertrokken voor het onderzoek naar de moord op gang komt.'
De oude rechercheur zweeg. Zijn brede gezicht stond nog gespannen. Huurmoordenaars verkilden zijn gevoel van menselijkheid. Hij keek even om zich heen naar de weg die Vledder volgde.
'Weet je waar het Zoutkeetsplein is?' vroeg hij bezorgd.
'In de Zeeheldenbuurt, bij de Barentszstraat.'
De Cock grinnikte.
'Het hoeft niet via Schiermonnikoog.'
Toen ze toch nog vrij snel via de Planciusstraat over de brug het Zoutkeetsplein hadden bereikt, zagen ze nabij de hoek van de Zoutkeetsgracht op het trottoir een bruin dekkleed waar een paar benen onderuit staken. Bij het kleed stond een oudere man. Verder was er niemand.
De rechercheurs stapten uit hun Golf.
De man liep op de grijze speurder toe.
'Hé, De Cock,' riep hij vrolijk. 'Ik had al gehoopt dat jij zou komen.'
De Cock blikte om zich heen.

'Waar is de surveillancewagen?'
De man wees naar het bruine dekkleed.
'Die is hartstikke dood. De dienders hebben even gekeken en dat kleed over hem heen gelegd en zijn toen de Houtmankade op gereden.'
'Waarom?'
'Daar was die wagen heen gegaan.'
De Cock fronste zijn wenkbrauwen.
'Wat voor een wagen?'
'Een grote groene kar,' zei de man. 'Een poenerige wagen. Ik heb alles kunnen gezien.'
Hij wees voor zich uit.
'Ik zat daar aan de overkant boven dat winkeltje op de eerste etage voor het raam. Die groene wagen stopte plotseling midden op het plein. Er stapte een man uit met een grote zwarte hoed op zijn kop en toen het slachtoffer vanaf de brug kwam aanlopen en hier op het trottoir stapte, schoot hij. Zeker drie keer. Daarna liep hij rustig naar het slachtoffer en bukte zich over de man heen. Dat duurde maar een paar seconden. Toen liep hij weer even kalm terug naar zijn wagen en verdween naar de Houtmankade.'
De Cock keek hem strak aan.
'Hebt u het kenteken kunnen opnemen? Iets van een nummer misschien?'
De oudere man schudde zijn hoofd
'Daar heb ik niet op gelet. Ik raakte toch een beetje in de war bij wat ik zag. Die groene wagen was ook zo weer van het plein verdwenen.'
'Hebt u de Warmoesstraat gebeld?'
'Vrijwel onmiddellijk. Nog voor ik naar buiten ging om te kijken hoe het met het slachtoffer was. Ik ken het nummer van de Warmoesstraat nog uit mijn hoofd.' Hij glimlachte. 'U hebt mij nog een keer verhoord voor een kleine kraak op de Achterburgwal... jaren geleden.'
De Cock liet de man zonder te reageren staan en liep naar het bruine dekkleed. Hij trok een punt van het kleed omhoog en schrok bij de herkenning. De oude rechercheur vermande zich

snel en knielde bij het slachtoffer neer. Met duim en wijsvinger drukte hij de grote starende ogen dicht. Rond de hartstreek ontdekte hij een grote rode bloedvlek. Om de hals van de dode hing het bekende metalen ponsplaatje.
Vledder hijgde in zijn nek.
'Het is Frederik van Beveren.'
De Cock knikte.
'Morsdood, met *Canis Major* om zijn nek.'

De Cock had moeie voeten.
Het was er ineens, onaangekondigd. Als een donderslag bij heldere hemel. Hij leunde achterover en legde zijn voeten op een hoek van zijn bureau. Met een van pijn vertrokken gezicht bevoelde hij zijn kuiten. Het was alsof geniepige kleine duivels uit pure boosaardigheid met duizend spelden in zijn kuiten prikten. Hij kende de pijn die uit de holte van zijn voeten kwam, langs zijn hielen omhoogtrok en zich vastzette in zijn kuiten. Hij wist ook wat die pijn betekende. Telkens als de zaken slecht verliepen, als zijn onderzoeken dreigden te verzanden en als hij het machteloze gevoel had volkomen in het duister te tasten, gaven de helse duiveltjes acte de présence.
Vledder keek hem bezorgd aan.
'Is het weer zover?'
De Cock knikte en sloot zijn ogen. Enkele minuten bleef hij zo zitten, bewegingloos en geconcentreerd. Zijn markante gezicht leek een stalen masker. Om de pijn te verdrijven zette hij zijn tanden in zijn onderlip.
'Het gaat wel weer over,' sprak hij mat. 'Die pijn is nog wel te verdragen, maar de wetenschap dat wij na drie moorden en dagen van intensief speuren in feite nog geen stap verder zijn gekomen met ons onderzoek, bezorgt mij een angstig voorgevoel.'
Vledder keek zijn oudere collega met een blik vol ongeloof aan.
'Jij denkt dat wij er niet uitkomen en dat wij de moordenaar nooit zullen vatten?'
De Cock keek hem aan.

'Dat kan toch?' reageerde hij kalm. 'Hoeveel moorden blijven niet onopgelost?'
Vledder schudde resoluut zijn hoofd.
'Niet bij ons,' sprak hij ferm. 'Wij zijn er samen nog altijd uitgekomen.'
Op het gezicht van De Cock brak een glimlach door.
'Misschien is het bijgeloof.'
'Wat?'
'Dat mijn moeie voeten iets met de stand van ons onderzoek te maken hebben.'
Vledder lachte bevrijd.
'Vast.'
De Cock streek nog eens over zijn kuiten.
'De dienders van de surveillancewagen gisteravond zijn zo handig geweest om het signalement van de groene auto aan de centrale post door te geven. Een van de dienders kende het type en het merk, het was een Cadillac.'
Vledder schudde zijn hoofd.
'Het heeft niets opgeleverd. De wagen is nergens gesignaleerd.'
'Jammer.'
De jonge rechercheur schoof iets op zijn stoel naar voren.
'Toen ik vannacht even wakker lag, heb ik wel overwogen dat het type auto met als bestuurder een man met een hoed, nauwe overeenkomst vertoont met de auto waarmee wij in Bussum bijna een aanrijding hadden.'
De Cock knikte.
'De wagen die vermoedelijk vanaf de villa van Herman van Breukelen kwam rijden.'
Vledder grinnikte.
'Ik had toen beter niet kunnen remmen, dan hadden we de moordenaar al in de cel gehad.'
De Cock reageerde niet.
De jonge rechercheur pakte een aantekening van zijn bureau.
'Hans Rijpkema belde mij vanmorgen al vroeg. Voordat jij op bureau was. Hij heeft zonder problemen van de politie Gooi en Vechtstreek een kogel uit het lichaam van Herman van Breukelen mogen meenemen voor onderzoek.'

'En?'
'De kogel komt uit hetzelfde wapen als de kogels uit het lichaam van Petrus van Wijngaarden en de twee kogels die jij in de duinen bij Schoorl hebt gevonden.'
De Cock glunderde.
'Prachtig. We hebben dus niet meer dan één dader. Een man die met zijn negen-millimeterrevolver moordend rondgaat.'
De uitdrukking op het gezicht van de oude rechercheur versomberde.
'Zonder dat wij weten wat hem bezielt... wat hem drijft.'
Vledder stak zijn wijsvinger omhoog.
'En nog iets van Hans Rijpkema. Bij Herman van Breukelen waren in- en uitschot vrijwel gelijk. Dat bleek tijdens de gerechtelijke sectie. De kogels zijn bijna horizontaal recht door het lichaam van het slachtoffer gevlogen.'
De Cock tilde omzichtig zijn benen van zijn bureau. De pijn in zijn kuiten trok langzaam weg. Hij wees naar Vledder.
'Heb je al contact gehad met dokter Rusteloos?'
De jonge rechercheur knikte.
'De gerechtelijke sectie op het lichaam van Frederik van Beveren is vanmiddag om twee uur op Westgaarde.'
De Cock trok een bedenkelijk gezicht.
'Ik had vanmiddag op pad willen gaan.'
'Waarheen?'
'We moeten toch een uitweg zoeken?' sprak De Cock zuchtend. 'We kunnen die vent met zijn revolver toch niet ongehinderd zijn gang laten gaan. Daar moet een eind aan komen.'
'Hoe?'
'Heb jij die lijst met hondenfokkers?'
'Wat wil je daarmee?'
De Cock zwaaide geëmotioneerd.
'Met een van die boze mannen praten. Hoe diep zit hun haat jegens de leden van de Stichting Leefgenoten. Met welke leden van de Stichting heeft men contact gehad. Waren er acties gepland. Vragen, vragen.'
Vledder snoof.
'Verwacht je daar wat van?'

De Cock maakte een wanhopig gebaar. 'We moeten toch wat.'
De telefoon op het bureau van De Cock rinkelde en Vledder greep de hoorn.
De Cock lette scherp op zijn reacties. De angst voor weer een moord kroop in zijn bloed.
Vledder legde met een blij gezicht de hoorn terug.
'Beneden voor de balie,' zei hij opgelucht, 'staat Thomas van Uitdam. Hij wil met je spreken.'

Toen Thomas van Uitdam de grote recherchekamer binnenkwam, stond De Cock van zijn stoel op en liep met uitgestoken hand op hem toe.
'Ik ben blij u als vrij man te kunnen begroeten,' riep hij vrolijk. 'Dat mag hypocriet klinken van een rechercheur die u ter zake moord heeft gearresteerd, maar ik verzeker u dat ik oprecht heb gehoopt dat uw alibi onaantastbaar was.'
Van Uitdam grinnikte.
'Ten tijde van de moord op Herman van Breukelen zat ik met mijn gezin nog in het vliegtuig. Dat was voor de recherche vrij gemakkelijk vast te stellen.'
De Cock leidde de man naar de stoel naast zijn bureau en liet hem plaatsnemen.
'Heeft de recherche van de politie Gooi en Vechtstreek verder nog pogingen ondernomen om uw schuld... uw onschuld te bepalen?'
Thomas van Uitdam knikte.
'Ik heb een telefoongesprek moeten voeren.'
De Cock strekte zijn wijsvinger naar hem uit.
'Met mevrouw Van Breukelen?'
'Ik kreeg een tekst voor mijn neus die ik hardop moest lezen. Het waren de woorden die de man had gebezigd die zich als Thomas van Uitdam had gepresenteerd en een afspraak had gemaakt voor een bezoek aan haar man.'
'En?'
Thomas van Uitdam glimlachte.
'Mevrouw Van Breukelen was heel duidelijk in haar oordeel. Het was mijn stem niet.'

Van Uitdam zweeg even. Hij zuchtte.
'Alles bijeen genomen heb ik wel begrip voor het feit dat de politie van Gooi en Vechtstreek heel officieel mijn opsporing had verzocht.'
De Cock maakte een verontschuldigend gebaar.
'Als politieambtenaar kan ik zo'n verzoek tot opsporing niet negeren. Het is mijn plicht dat op te volgen. Ondanks het feit dat u naar mijn gevoel onschuldig was. Ik had al snel de indruk dat de gemaakte afspraak vals was en dat iemand valselijk uw naam had gebruikt.'
Thomas van Uitdam glimlachte.
'Ik neem u mijn arrestatie van gisteren niet kwalijk, rechercheur.'
Hij schudde zijn hoofd. Zijn gezicht stond ernstig.
'Dat is ook niet de reden van mijn komst. Ik maak mij zorgen om mijn vriend Frederik van Beveren. Ik ben vanmorgen bij hem aan de deur geweest met het doel hem van mijn ervaringen te vertellen. Hij woont in de Van Heemskerkstraat. Hij was niet thuis. Toen ik bij de buren informeerde, vertelde iemand mij dat er gisteravond in de buurt een man was neergeschoten.'
De Cock liet zijn hoofd knikkend zakken.
'Dat klopt.'
'U weet ervan?'
De Cock knikte opnieuw en keek op naar de man voor zich. Hij overwoog hoeveel weerstand hij van de mens Thomas van Uitdam kon verwachten.
'Het... eh, het was Frederik van Beveren,' sprak hij zacht.
Van Uitdam trok zijn gezicht strak.
'Hij is dood?'
De Cock beet op zijn onderlip.
'Iemand schoot hem een reeks kogels in zijn lijf.'
Thomas van Uitdam reageerde niet direct. Hij staarde secondelang voor zich uit.
'Freek.' Hij fluisterde het woord bijna. 'Freek zag er altijd wat slonzig uit, maar het was een vent met een gouden hart. Freek en ik zijn dierenbeschermers van de oude stempel. Het leed van dieren uitbannen... verzachten... zonder geweld... zonder illegale

acties. Zo wilden wij dat. Ik zal er ook alles aan doen om de Stichting Leefgenoten weer een vertrouwd gezicht te geven.'
Thomas van Uitdam zweeg een tijdje. De Cock stoorde hem niet.
'Als ik u,' sprak hij toen ernstig, 'bij het vinden van de moordenaar van Freek ook maar enigszins behulpzaam kan zijn, doe een beroep op mij.'
Van Uitdam stond op en met tranen in zijn ogen slofte hij de grote recherchekamer uit.

14

De Cock keek met een bewonderende blik naar mevrouw Van Breukelen. Ze zat in haar favoriete fauteuil in haar woonkamer. Haar kapsel was onberispelijk. Haar make-up had de juiste nuances en het charmante camel mantelpakje dat ze droeg stond haar beeldig.
'Hoe laat komen ze u halen voor uw bridgeavond?'
Ze keek met een droeve blik naar de oude rechercheur op.
'Om halfacht, zoals gewoonlijk.'
Ze zweeg even en schudde haar hoofd.
'Ik voel mij heel vreemd en leeg. Het is nu precies een week geleden dat ik hier de telefoon opnam om voor Herman een afspraak te maken. Dezelfde avond werd hij vermoord. Het is dat ik u van dienst wil zijn anders was ik vanavond niet naar de bridgeclub gegaan.'
De Cock glimlachte.
'Hebben onze mensen van de technische dienst het u erg moeilijk gemaakt?'
Mevrouw Van Breukelen gebaarde.
'Ze hebben in mijn slaapkamer drie gaten geboord met uitzicht op het kantoor van mijn man. Eén gat was naar mijn gevoel wel erg groot.'
De Cock knikte.
'Dat is voor de video. Anders kan de camera niet het hele kantoor overzien.'
Mevrouw Van Breukelen gebaarde om zich heen.
'Ze hebben beloofd alles in de oorspronkelijk staat terug te brengen.'
De Cock knikte.
'Dat zal zeker gebeuren.'
Hij ging tegenover haar zitten.
'Hoe vindt u het dat Thomas van Uitdam als voorzitter van de Stichting Leefgenoten de plaats van uw man inneemt?'

Mevrouw Van Breukelen knikte instemmend.
'Perfect. Het had een grote meerderheid van stemmen. Ik heb ook voor hem gestemd. Ik voel me een beetje schuldig dat hij door mijn toedoen bijna een nacht in een politiecel heeft doorgebracht.'
De Cock maakte een hulpeloos gebaar.
'U vertelde wat u wist. Het was uw waarheid.'
Mevrouw Van Breukelen keek hem peilend aan.
'Denkt u vanavond de moordenaar van mijn man en van die anderen te kunnen arresteren?'
De Cock schoof zijn onderlip iets vooruit.
'Dat hoop ik. Anders had ik uw huis niet zo volledig in beslag genomen.'
Het geluid van een remmende wagen drong tot de woonkamer door.
Mevrouw Van Breukelen stond op. Ze wees naar de telefoon.
'Er is dit keer niet gebeld.'
De Cock schudde zijn hoofd.
'Dat verwachtte ik ook niet.'

Toen mevrouw Van Breukelen met haar bridgepartners was vertrokken, liep De Cock naar de slaapkamer en trof daar Vledder.
'Kan je de zaak goed bekijken?'
De jonge rechercheur knikte.
'We hebben van hier een goed overzicht.'
De jonge rechercheur keek hem peinzend aan.
'Ik heb de tijd opgenomen die ik nodig heb om hier vanuit de slaapkamer in het kantoor te komen. Dat is naar mijn gevoel vrij lang... te lang vind ik om de moordenaar te vatten. Ik moet door twee deuren en een stuk gang.'
De Cock schudde zijn hoofd.
'Dat is niet zo belangrijk,' sprak hij achteloos. 'Hij komt toch niet weg.'
Vledder gebaarde naar de kijkgaten.
'Ik heb alle gloeilampen in de kantoorruimte uit de fittingen gehaald en door exemplaren van een veel lager wattage vervan-

gen. Het licht is nu gedempt, niet zo scherp. Je zou zweren dat hij echt is.'
De Cock lachte.
'Je bedoelt de pop.'
Vledder knikte.
'Kijk maar. Het is precies Thomas van Uitdam. Exact dezelfde houding. Kijk naar zijn kostuum, zijn haardracht. Schitterend. De pop kan niet van zijn stoel vallen... zit aan de rugleuning vast.'
De Cock lachte opnieuw.
'De echte Thomas van Uitdam heeft voor die pop bij onze technische dienst uren geposeerd.'
Vledder grinnikte.
'Dat hij zo veel medewerking verleende?'
De Cock trok een somber gezicht.
'De moord op zijn vriend Frederik van Beveren heeft hem diep getroffen.'
Vledder keek op zijn horloge. Het is al tien over halfacht. Hij wees naar een camera op het bed in de slaapkamer.
'Hoe laat verwacht je de cameraman?'
'Over een paar minuten. Hij mag zijn wagen niet in de buurt van de villa parkeren. De directe omgeving is het domein van Fred Prins en Appie Keizer.'
'Ze doen weer mee.'
'Absoluut. Ze zijn dolenthousiast. Zoals altijd. Ze laten de moordenaar wel naar binnen, maar er niet meer uit. Komt hij met een auto, dan zorgen zij ervoor dat de motor niet meer kan starten.'
'De moordenaar... jij weet wie hij is?'
'Ja.'
'En?'
De Cock schudde zijn hoofd.
'Ik laat je verrassen.'
De cameraman kwam de slaapkamer binnen. Hij begroette de beide rechercheurs, pakte zijn camera en richtte via het gat in de muur op de kantoorruimte.
Vledder keek hem bezorgd aan.
'Heb je voldoende licht?'
De cameraman knikte.

'Even uitbalanceren, dan kan ik draaien.' Hij liet zijn camera even zakken en keek naar De Cock. 'Waarom wilt u dat hier alles wordt opgenomen?'
De oude rechercheur zuchtte.
'Ter wille van de politie Gooi en Vechtstreek. Ze krijgen, zo verwacht ik, precies voorgespeeld hoe Herman van Breukelen werd vermoord.'
'Een vriendendienst.'
'Precies.'
Vledder keek opnieuw op zijn horloge.
'Het is vijf voor acht. Hoe laat verwacht je hem?'
De Cock antwoordde niet direct. Hij voelde hoe de spanning bezit van hem nam. Zijn hart bonkte in een hoog tempo en een ader pulseerde in zijn hals. Hij vroeg zich bezorgd af of hij niet te oud werd voor dergelijke acties.
'Over vijf minuten,' lispelde hij.
De grijze speurder keek op zijn eigen horloge. Het schoot niet op. Naar zijn gevoel vergleden de luttele minuten als lange uren.
Zijn mobieltje in het borstzakje van zijn colbert speelde een zoete melodie. De Cock drukte op de knop. Het was Appie Keizer die zich meldde.
'Een grote groene wagen glijdt langzaam over het grind van de oprijlaan naar de villa. Aan het stuur zit iemand met een grote zwarte hoed op.'
'Braaf.'
Vledder keek naar hem op.
'Komt ie?'
De Cock knikte.
'Volgens afspraak staat de toegangsdeur naar de hal van de villa open.'
'Afspraak met wie?' interrumpeerde Vledder.
De Cock reageerde niet.
'Dan volgt,' ging hij rustig verder, 'de weg die wij kennen, via de zwak verlichte witgekalkte gang met de donkere eiken lambrisering naar de deur van het kantoor. Dan duurt het nog even voor hij via onze kijkgaten binnen ons gezichtsveld komt.'

Vledder keek gespannen.
'Hoe lang schat je dat hij daarvoor nodig heeft?'
'Twee, drie minuten.'
De rechercheurs posteerden zich nerveus en met licht trillende handen bij hun kijkgaten in de muur en de cameraman hield zijn videocamera gericht.
Vledder fluisterde.
'Daar is ie. Hij sluipt om het grote bureau heen... grijpt de stoel met de pop aan de rugleuning vast en schuift die naar opzij. Hij zakt nu iets door zijn knieën en schiet... één, twee, driemaal.'
Vledder verliet zijn kijkgat en stormde de slaapkamer uit.
De Cock brulde.
'Niet doen. Niet doen. Ik weet niet hoeveel kogels er nog in die revolver zitten. Vledder! Niet doen! Dat is niet afgesproken.'
Tevergeefs. Zijn woorden bereikten de jonge rechercheur niet. In de slecht verlichte gang stortte Vledder zich op de vluchtende indringer. Ze vielen samen op de vloer. De revolver gleed een meter van hen weg. De Cock en de cameraman snelden naderbij.
Vledder hield de man in zijn greep. Met een ruk trok hij de grote zwarte hoed van het hoofd van de indringer. Een weelde van lang haar, glimmend bruin als glanzende kastanjes, gleed langs een bleke huid.
De mond van de jonge rechercheur zakte open. Verast keek hij omhoog naar De Cock.
'Het is... eh,' stamelde hij. 'Het is Elisabeth van Wijngaarden.'
De Cock knikte.
'Een geoefende vrouwelijke schutter, gespecialiseerd in het schieten vanuit de heup.'

15

De dingdong in de gang galmde nog even na. De Cock deed de deur van zijn woning open.
Voor hem op de stoep stond Dick Vledder. De jonge rechercheur lachte wat verlegen. In zijn linkerhand bungelde een bos fraaie rozen.
'Voor jouw vrouw. Hoe langer ik jou ken hoe meer...'
De Cock onderbrak hem met een grijns.
'Hoe meer je haar gaat bewonderen. Ik ken die spreuk van jou. Het is hoog tijd dat je een andere tekst verzint. Deze is totaal versleten.'
Vledder trok zijn schouders op.
'Als simpel ambtenaar beschik ik tot mijn spijt over weinig fantasie. Maar als ik mijn kreet steeds herhaal, moet er een grond van waarheid in schuilen.'
De Cock negeerde de opmerking.
'Heb je Adelheid niet meegenomen?'
Vledder schudde zijn hoofd.
'Adelheid doet vanavond, voor de zoveelste keer, mee aan een grote actie van de narcoticabrigade. Het is zo stinkend geheim dat ze zelfs mij daarover geen enkele mededeling wilde doen.'
De Cock lachte.
'Jullie vormen een vreemd paar. Ik kan mijn misère, mijn sores bij de recherche, nog wel eens aan mijn vrouw kwijt. Zij heeft een gewillig oor.'
De Cock deed een stap opzij.
'Kom erin.'
'Zijn de anderen er al?'
De Cock knikte.
'Appie Keizer en Fred Prins zitten al bij mijn vrouw en hebben het hoogste woord. Als je hen wilt geloven dan bestaan er bij de Amsterdamse recherche geen grotere helden dat het duo Appie Keizer en Fred Prins.'

Ze stapten gezamenlijk de woonkamer in. Mevrouw De Cock kwam onmiddellijk overeind en schudde Vledder ter begroeting de hand. Met een gebaar van verrukking nam ze de rozen in ontvangst. Uitnodigend wuifde ze naar een diepe leren fauteuil.
'Ga zitten,' riep ze hartelijk. 'Mijn man vroeg zich al af waar je bleef.'
De jonge rechercheur liet zich in de fauteuil zakken.
'Ik had eerst niet willen komen,' verklaarde hij. 'Ik wilde er zelf achter komen hoe uw man op het spoor van de vrouw van het eerste slachtoffer was gekomen.'
De Cock grinnikte.
'Dat lukte niet?'
Vledder schudde zijn hoofd.
'Ik heb mij suf gepiekerd. Je zal wel weer een van je befaamde trucs hebben toegepast.'
De Cock glimlachte.
'Geen trucs. Gewoon sober denkwerk.'
'Dat zal wel.'
De Cock reageerde niet. Hij vatte de fles fijne cognac Napoleon, die hij speciaal voor dergelijke gelegenheden in voorraad hield, en vulde ruim de bodem van diepbolle, voorverwarmde glazen. Hij reikte die zijn vrienden aan. Daarna hield hij het glas omhoog.
'Op recht en gerechtigheid.'
Fred Prins grinnikte.
'Bedoel je dat cynisch?'
De Cock schudde zijn hoofd.
'Ik blijf erin geloven,' sprak hij ernstig.
Vledder nipte aan zijn cognac.
'Heb je de politie van Gooi en Vechtstreek al op de hoogte gebracht?'
De Cock knikte.
'Wij hebben de band met opnamen van de mislukte moord op Thomas van Uitdam gedraaid... in gezelschap van Elisabeth van Wijngaarden.'
Vledder keek hem verrast aan.
'Het is niet waar?'

'Ja zeker. Wij meenden door haar de opnamen te laten zien, te bereiken dat zij tot de conclusie moest komen dat ontkennen geen zin had.'
'En?'
'Toen ik haar na de opnamen met een oudere collega van Gooi en Vechtstreek verhoorde, bekende ze volledig.'
Vledder spreidde zijn armen.
'Hoe kwam je haar op het spoor?'
De Cock glimlachte.
'Door de laatste moord.'
'De moord op Frederik van Beveren.'
De Cock knikte.
Die oudere man op het Zoutkeetsplein sprak van een man met een donkergroene wagen. Later kwam een collega in uniform tot de overtuiging dat het ging om een donkergroene Cadillac.'
Vledder glimlachte.
'Zo'n Cadillac die wij bij de villa van Herman van Breukelen hadden gezien?'
De Cock knikte opnieuw.
'Navraag bij mevrouw Van Breukelen leerde mij dat er vier van dergelijke wagens door de Stichting waren aangekocht. De Cadillac van haar man stond in de garage. Zo ook de wagen van Frederik van Beveren. Hij kwam te voet het Zoutkeetsplein op lopen. Van Thomas van Uitdam nam ik niet aan dat hij zijn beste vriend zou vermoorden... bleef over de wagen van Petrus van Wijngaarden.'
Vledder grinnikte vreugdeloos.
'Volgens mevrouw Van Wijngaarden stond die in de garage.'
De Cock grijnsde.'
'En de figuur die op het Zoutkeetsplein uit de donkergroene Cadillac stapte... was een man. Er bestond de mogelijkheid dat mevrouw Van Wijngaarden de wagen voor de moord op Frederik van Beveren had uitgeleend.'
De oude rechercheur maakte een hulpeloos gebaar.
'Toen maakte ik een fout.'
Vledder keek hem schuins aan.
'Welke?'

'Ik had die avond onmiddellijk naar haar woning moeten gaan om te zien of de wagen nog in de garage stond en of de motorkap nog warm was door het gebruik.'
Fred Prins keek hem aan.
'Hoe kon je die fout nou maken?'
De Cock schudde zijn hoofd.
'Het idee dat mevrouw Van Wijngaarden verantwoordelijk was voor de moorden... of er ook maar bij betrokken kon zijn... wilde niet tot mijn bewustzijn doordringen.'
Vledder stak zijn hand op.
'Wanneer kwam dat wel?'
De Cock zuchtte diep.
'Toen ik mij plotseling in een gedachteflits een opmerking van Herman van Breukelen herinnerde. Hij was door het echtpaar Van Wijngaarden uitgenodigd voor het bijwonen van een schietoefening in de duinen bij Schoorl. Ze schoten om beurten, zei hij. *Hun specialiteit was het schieten vanuit de heup zoals dat vroeger bij de cowboys in het Wilde Westen van Amerika gebruikelijk was.'*
De oude rechercheur sloeg met zijn handen tegen zijn hoofd.
'Ineens was mij toen alles volkomen duidelijk. Toen dokter Rusteloos na de sectie op het lijk van Van Wijngaarden opmerkte dat volgens zijn metingen van in- en uitschot, de schutter bij het vuren haast op z'n knieën moest hebben gestaan, leek mij dat dwaas.'
De blik van Vledder verhelderde.
'Maar gaat men ervan uit,' riep hij enthousiast, 'dat de schutter vanuit de heup schoot, dan komt men dicht bij de waarheid.'
De Cock knikte.
'Bij de moord op Herman van Breukelen zat het slachtoffer op een stoel. Wanneer de schutter toen had gestaan, zou het uitschot lager moeten zijn dat het inschot. Maar de kogels gingen vrijwel horizontaal door het lichaam. De schutter stond dus niet... hij of zij schoot vanuit de heup.'
Vledder knikte begrijpend.
'En wie was een specialist in het schieten vanuit de heup... Elisabeth van Wijngaarden.'

De Cock zuchtte diep. De lange uiteenzetting had hem wat vermoeid. Hij knikte traag voor zich uit.
'Precies. Elisabeth van Wijngaarden.'
Vledder schoof op zijn fauteuil naar voren.
'Maar waarom?' riep hij geëmotioneerd. 'Wat was het motief?'
De Cock trok een brede grijns.
'Een teleurgestelde vrouw. Een vrouw die door haar man was vernederd, door de man die zijn idealen had verkwanseld. Ze wist wel degelijk dat haar man dat pand aan de Prinsengracht liet vertimmeren. Ze wist dat haar man voor een mooi blond hoertje een liefdesnestje had laten bouwen in de tuin van dat pand. Ze was er ook achter gekomen dat de nobele Stichting Leefgenoten was geswitcht naar een organisatie die hondjes liet fokken voor de vivisectie.'
Fred Prins kwam tussenbeide.
'Dat wist zij waarschijnlijk al een poos.'
De Cock knikte.
'Maar,' sprak hij somber, 'op een hete dag in augustus, toen haar man met zes jonge hondjes in de kofferbak van zijn auto wegreed, ging ze hem in haar eigen kleine autootje achterna. Ze zag dat hij zijn rode Peugeot parkeerde op het Amstelveld en van daar terugliep naar het pand aan de Prinsengracht waar hij het blonde hoertje Femmy de Boer ontmoette. Samen met haar ging hij naar binnen. Mevrouw Van Wijngaarden bleef buiten wachten. De bedoeling was dat zij hem met het hoertje bij terugkomst uit het pand zou ontmaskeren. Ze wachtte meer dan twee uur. Plotseling herinnerde zij zich de zes jonge hondjes in de door de zon geteisterde Peugeot. Ze bezat een duplicaatsleutel van die auto. Toen ze zes gestikte hondjes in de kofferbak aantrof was ze vernietigd. De aanblik van de dode diertjes was een breekpunt. Met een hart vol woede ging ze terug naar de Prinsengracht. Het hoertje was er niet meer. Gelukkig, want in haar gemoedstoestand had ze op dat moment ook het hoertje vermoord. In het pand hoorde ze nog gestommel. In een vertrek op de eerste etage trof ze haar man. Er was maar weinig licht, maar zijn witte overhemd was een prachtig doelwit. Ze trok haar revolver en schoot hem vanuit de heup neer.'

Secondelang zwegen allen. Appie Keizer verbrak de stilte.
'Dat was de eerste. Waarom besloot ze om nog meer moorden te plegen?'
De Cock ging verder.
'De ommezwaai bij de Stichting Leefgenoten was, zo wist zij van haar man, het idee van Herman van Breukelen. Ze koos hem als tweede slachtoffer. Mevrouw Van Wijngaarden kende de gewoonten van het echtpaar Van Breukelen. Ze was daar vaak te gast geweest en wist wanneer mevrouw Van Breukelen haar bridgeavondje had. Ondanks het feit dat zij herenkleding droeg, liet Van Breukelen haar binnen. Ze schoot hem niet direct neer. Voor het schieten vanuit de heup had ze ruimte nodig. Daarom trok zij hem met zijn bureaustoel achter zijn bureau weg. Toen ze ruimte genoeg had schoot ze vanuit de heup.'
Vledder knikte.
'Zoals wij gisteravond hebben gezien met de pop.'
De Cock pakte de fles cognac en schonk zijn gasten nog eens in.
Vledder was duidelijk nog niet tevreden.
'Hoe kreeg je haar zover om nog een poging te wagen Thomas van Uitdam te vermoorden.'
De Cock nam een slok van zijn cognac.
'Ik was er na de moord op Frederik van Beveren van overtuigd dat ze alle leden van de Stichting Leefgenoten wilde vermoorden die aan de ommezwaai van de Stichting hadden meegewerkt. Bovendien liet ik Thomas van Uitdam aan haar een brief schrijven waarin hij haar beschuldigde van het plegen van de moorden op haar man, Herman van Breukelen en Frederik van Beveren. Ik liet hem schrijven dat hij over voldoende bewijzen beschikte om ook de politie te overtuigen en ontbood haar om over een mogelijk bedrag voor zijn zwijgzaamheden te praten.'
Vledder gromde.
'Vies.'
De Cock knikte.
'Moord is een vies bedrijf.' Hij keek rond. 'Heeft iemand nog iets te vragen?'

Toen niemand reageerde leunde hij in zijn fauteuil achterover. Het relaas van de moorden had hem afgemat.
Mevrouw De Cock stond op, liep naar de keuken en kwam terug met een schaal vol lekkernijen.
Het gesprek werd algemener en de zaak van de moorden uit wraak raakte op de achtergrond.
Tegen middernacht namen de jonge collega's afscheid. Toen ze waren vertrokken, schoof mevrouw De Cock een poef bij en ging tegenover haar man zitten.
'Ik heb er de hele avond op zitten wachten,' sprak ze liefjes.
'Waarop?'
'Een paar vragen.'
'Steek van wal.'
'Niemand heeft iets gevraagd over de vreemde ponskaartjes met *Canis Major*. Waar kwamen die vreemde ponskaartjes vandaan en wie belde mevrouw Van Breukelen en presenteerde zich valselijk als Thomas van Uitdam?'
De Cock lachte.
'Heel goed. Ik neem het vooral Vledder kwalijk dat hij daar niet mee kwam.'
Mevrouw De Cock boog zich naar hem toe.
'Wie?'
De oude rechercheur schonk zich zijn derde cognac in.
'Alexander van Waalwijk. Na de moord op haar man ging ze naar hem toe en bekende wat ze had gedaan. Ze vertelde hem van haar woede, van haar diepe teleurstelling in de man die zij eens boven hem had verkozen.'
'Dat viel toch te prijzen?'
De Cock trok een bedenkelijk gezicht.
'Alexander van Waalwijk voelde zich geroepen haar bij te staan. Zijn bijna slaafse liefde voor haar sluimerde nog steeds en kreeg plotseling nieuwe impulsen. In zijn muffe kantoor stond nog een oude ponsmachine. Hij sloeg in zo'n ponsplaatje *Canis Major*... grote hond. Hij bedoelde rotvent: hond van een vent. De volgende dag ging hij naar het pand aan de Prinsengracht en hing dat plaatje om de nek van het lijk. Hij maakte nog een paar ponsplaatjes met *Canis Major* en liet die aan zijn Betsy zien. Zij

nam ze van hem aan en hing ze om de nek van Van Breukelen en Van Beveren. Vledder greep te vroeg in anders had ook om de nek van de pop *Canis Major* gehangen.'
'Alexander van Waalwijk was ook de man die mevrouw Van Breukelen belde en zich valselijk uitgaf voor Thomas van Uitdam?'
'Ja.'
'Wat doen jullie met die Alexander van Waalwijk?'
De grijze speurder zuchtte.
'We moeten nog overleggen met justitie. Medeplichtigheid, mededaderschap? Hij had de moorden op Van Breukelen en Van Beveren ook kunnen voorkomen. Hij wist precies wat zijn Betsy van plan was. Hij had de toekomstige slachtoffers kunnen waarschuwen of de politie in kennis moeten stellen. Dat deed hij niet en dat is strafbaar.'
Mevrouw De Cock schudde haar hoofd.
'Dat zo'n knappe vrouw – en dat is ze toch – tot zoveel moorden kan komen?'
De oude rechercheur trok een grijns.
Er zijn mensen die er niet in geloven, maar ik wijt het aan de gevaren van de hondsdagen.'

De volgende boeken van Baantjer zijn bij De Fontein verschenen:

1 De Cock en een strop voor Bobby
2 De Cock en de wurger op zondag
3 De Cock en het lijk in de kerstnacht
4 De Cock en de moord op Anna Bentveld
5 De Cock en het sombere naakt
6 De Cock en de dode harlekijn
7 De Cock en de treurende kater
8 De Cock en de ontgoochelde dode
9 De Cock en de zorgvuldige moordenaar
10 De Cock en de romance in moord
11 De Cock en de stervende wandelaar
12 De Cock en het lijk aan de kerkmuur
13 De Cock en de dansende dood
14 De Cock en de naakte juffer
15 De Cock en de broeders van de zachte dood
16 De Cock en het dodelijk akkoord
17 De Cock en de moord in seance
18 De Cock en de moord in extase
19 De Cock en de smekende dood
20 De Cock en de ganzen van de dood
21 De Cock en de moord op melodie
22 De Cock en de dood van een clown
23 De Cock en een variant op moord
24 De Cock en moord op termijn
25 De Cock en moord op de Bloedberg
26 De Cock en de dode minnaars
27 De Cock en het masker van de dood
28 De Cock en het lijk op retour
29 De Cock en moord in brons
30 De Cock en een dodelijke dreiging
31 De Cock en moord eerste klasse
32 De Cock en de bloedwraak
33 De Cock en moord à la carte
34 De Cock en moord in beeld
35 De Cock en danse macabre
36 De Cock en een duivels komplot
37 De Cock en de ontluisterende dood
38 De Cock en het duel in de nacht
39 De Cock en de dood van een profeet
40 De Cock en kogels voor een bruid
41 De Cock en de dode meesters
42 De Cock en de sluimerende dood
43 De Cock en 't wassend kwaad
44 De Cock en het roodzijden nachthemd
45 De Cock en moord bij maanlicht
46 De Cock en de geur van rottend hout
47 De Cock en een dodelijk rendez-vous
48 De Cock en tranen aan de Leie
49 De Cock en het lijk op drift
50 De Cock en de onsterfelijke dood
51 De Cock en de dood in antiek
52 De Cock en een deal met de duivel
53 De Cock en dood door hamerslag
54 De Cock en de dwaze maagden
55 De Cock en de dode tempeliers
56 De Cock en de blijde Bacchus
57 De Cock en moord op bestelling
58 De Cock en de dood van de Helende Meesters
59 De Cock en moord in reclame
60 De Cock en geen excuus voor moord
61 De Cock en de gebrandmerkte doden
62 De Cock en een veld papavers
63 De Cock en de broeders van de haat
64 De Cock en de dood van een kunstenaar
65 De Cock en de dartele weduwe
66 De Cock en moord in triplo
67 De Cock en een recept voor moord
68 De Cock en de wortel van het kwaad